DREAMBOOKS★

전생자

전생자 3

초판 1쇄 인쇄 2018년 5월 17일
초판 1쇄 발행 2018년 6월 4일

지은이 나민채
발행인 오영배
기획 박성인
책임편집 김다슬
일러스트 eunae
디자인 권지연
제작 조하늬

펴낸곳 (주)삼양출판사 · 드림북스
주소 서울시 강북구 도봉로 173
대표 전화 02-980-2112 팩스 02-983-0660
편집부 전화 02-980-2116 팩스 02-983-8201
블로그 blog.naver.com/dreambookss
출판등록 1999년 3월 11일 제9-00046호

ISBN 979-11-283-9413-3 (04810) / 979-11-283-9410-2 (세트)

드림북스는 (주)삼양출판사의 판타지 · 무협 문학 브랜드입니다.

목차

Chapter 1.

막을 통과해 나오는 몬스터는 없었다.

두 개의 머리를 가진 놈도 돌아갔다.

그럼에도 막을 통과해 나오는 놈들이 있을 가능성이 존재하는 건 맞다. 지금 당장은 아니더라도, 원인 모를 조건이 발동하면 기어 나오는 녀석들이 꼭 있어 왔다.

그나저나 너럽게 아프군.

여기를 병동으로 위장한 것은 좋은 선택이었다. 배낭을 던전에서 잃어버렸으나, 여기에는 필요한 것들이 다 구비되어 있었다.

화장실의 수도, 붕대, 온갖 마약성 진통제, 몸을 눕힐 의료 침대.

당장 형광등을 켜고 싶은 걸 참고 침대에 몸을 눕혔다.

현재 병동은 영업이 개시될 날을 기다리며 폐문된 상태다.

그런데 이래서야 진짜 병동으로 운영될 확률은 제로에 가까울 것이다.

튜토리얼이라 정의된 시간대와 안식의 장에서나 떴던 생활형 퀘스트가 다시 뜨지 않는 한 포인트를 얻을 방법은 던전밖에 없었다.

물론 매입해 둔 토지 중에 다른 F급 던전이 존재하긴 하지만 그것들을 발견, 진입한다고 해서 포인트나 박스로 이어지지는 않는다. 최초 발견에 해당하는 보상을 이미 받은 것이다.

그나마 우리나라 F급 던전들 중에서는 유일하게 보스전의 공략법을 알고 있는 곳이기에 여기를 고른 것인데.

그런데.

혼자서는 절대 공략할 수 없다는, 당연한 진리만을 깨닫고 도망쳐 나온 게 고작이다.

처음에 문을 잘못 선택했더라면 돌아올 수나 있었을까?

아니면 어떻게든 생존법을 강구해 냈을까?

패배감이 어둠처럼 스며들고 있었다.

나는 창밖으로 시선을 돌렸다.

흉하게 걸쳐 있는 장벽만 제외하고 나면, 그 너머로 펼쳐져 있는 시골 마을의 광경이 참으로 평온하다.

마치 던전 입구에 펼쳐져 있는 막처럼 여기와 저기를 현실과 환상으로 구분 지어 놓은 듯하다.

핸드폰을 들었다. 또 그러다 핸드폰을 내려놓길 몇 번이나 반복하다가 번호를 눌렀다.

마침내 택했다.

하이 리스크 앤 하이 리턴.

이 방법 외에는 던전에 재도전할 수 있는 방법이 없지 않은가. 살아 돌아온 게 기적이었다. 불효를 저지를 뻔했다.

과거 같이 머릿수를 맞추지는 못하더라도 최소한 힐러는 있어야 한다. 그리고……

〈 여보세요. 〉

〈 다행히 입원까지는 안 가셨나 보네요. 〉

〈 선후? 신후니? 〉

〈 안녕하세요. 우연희 선생님. 〉

*   *   *

우연희의 자가용이 장벽으로 접근하는 게 보였다. 산 아래에서 오랫동안 헤매고 있었던 헤드라이트 불빛이 마침내 제 길을 찾은 것이다.

그녀는 제대로 도착했음에도 차 안에서 나오질 않고 있었다.

운전석 유리창을 두드리자 그녀의 고개가 나를 향해 돌려졌다.

겁에 질려 있는 표정이었다.

나는 손전등으로 내 얼굴을 비춰 보인 다음, 그녀가 문을 열고 나오길 기다렸다.

"선후야. 여긴……."

"찾아오시기 힘드셨죠?"

"걱정했잖아. 그렇게 네 할 말만 하고 끊어 버리면 누구라도 그래. 그런데 무슨 일로 선생님을 이런…… 데로 부른 거야. 그것부터 말해 줄래? 선생님은 무서워지고 있어."

우연희는 핸드폰을 꽉 움켜쥐고 있었다.

"제가 나쁜 마음을 먹은 게 아니란 걸 느끼실 수 있으실 텐데요. 아직은 그 정도까지는 아닙니까?"

"무슨 말을 하는 거니. 무섭게 하지 말라니까."

"죄송합니다. 밤에 도착하셔서 분위기가 이렇습니다. 이래서 늦으실 것 같으면 내일 날 밝을 때 오시라 한 겁니다.

일단 들어가면서 말씀드리죠."

내가 등을 돌린 그제야, 내가 어떤 상태인지 보였던 모양이다.

황급하게 쫓아온 우연희가 나를 막아 세웠다. 그녀가 내 여기저기를 훑어보며 외쳤다.

"선후야! 왜 이래! 왜 이렇게 다쳤어?"

"괜찮습니다. 들어오세요."

그 때 우연희가 입구에 붙어 있는 정신 병원 팻말을 발견했다. 그녀의 발걸음이 그것을 발견한 자리에서 떨어지지 않았다.

그녀의 감정을 이해할 수 있다.

진즉에 했어야 할 일이었을지도 모른다.

그녀에게 기다리라는 말을 남겨 놓고선 입구 쪽의 등을 켜고 돌아왔다.

그때 그녀는 어느새 자동차 안으로 돌아가 문까지 잠그고 있었다.

운전석 창이 손가락 하나만 겨우 들어갈 정도로 열렸다.

"선후야. 이건 아닌 거 같아. 선생님하고 여기서 나가서……."

"겁먹지 마세요. 제가 무슨 해코지하려고 부른 게 아니라는 거, 아시지 않습니까. 저기 말입니까? 정신 병원이긴

합니다. 하지만 그렇게 위장을 한 것뿐이지 저 안에는 누구하나 없습니다. 여기엔 선생님과 저, 둘뿐입니다."

"그게 더 이상하잖아."

"선생님께서 민간인이었다면 이해합니다. 하지만 아니잖습니까. 제게 선생님을 해하려는 마음이 없다는 거 느낄수 있지 않습니까."

"역시 소문나 버렸지? 그렇게 시끄러웠으니까. 하지만 선후야. 선생님은 소문…… 같은 그런 게 아니야."

우연희가 학기 초에 있었던 교무실에서의 소동을 언급했다.

그녀의 어머니가 기어코 학교까지 쳐들어오면서 일어난 일이었다.

몹쓸 여자였다.

딸의 동료 교사들과 온 학생들이 다 지켜보는 가운데서, 어떻게 정신병 걸린 애를 교사로 쓸 수 있냐고 고래고래 소리를 질러 댔었다.

당연히 그 후로 다신, 우연희의 모습을 볼 수 없었다.

그때.

우연희가 뭔가 중요한 사실을 깨달았다는 듯이 목소리를 높였다.

"무, 무슨 소릴 했어? 내가 네 마음을 느낄 수 있다고?"

"선생님은 미친 게 아닙니다. 타인의 감정을 공유할 수 있다는 그거, 제가 다 설명드릴 수 있습니다."

후!

"그러니 결정하세요. 이대로 떠나서 영영 미친년으로 살다 뒈지든지 아니면 날 따라오든지."

이윽고 차 문이 조심스럽게 열리기 시작했다.

우연희는 땅을 디딘 자리에서 나를 빤히 바라보았다. 조금 전까지만 해도 겁에 질려 있던 우연희의 표정에 어쩐지 조금의 변화가 있었다.

"선후 너…… 대체 뭘 하고 있는 거야. 대체 뭐길래 그렇게나 두려움에 떨고 있어……."

우연희가 본인도 떨고 있는 손을 뻗어 왔다.

*   *   *

그녀는 나의 던전 박스다.

우리는 황량한 병동 뜰의 벤치에 앉았다.

마을 사람들을 의식해서 켜지 않았던 등도 밝혀 두었지만, 우연희의 떨림은 쉽사리 가라앉지 않았다.

"겁먹지 말라니까."

우연희는 지금까지 볼 수 없었던 내 태도에 놀라 두 눈은 크게 떴다.

"선후 때문이잖니. 그렇게 두려움에 떨고 있으면서……
선후는 어떻게 아무렇지도 않을 수 있는 거야."

"지금부터 내가 하는 말 잘 들어. 네가 미친 게 아니라는
거. 이 세상에 아는 사람은 나뿐이야."

"선후야?"

우연희의 눈이 휘둥그레졌다.

"나도 너랑 같아. 어떻게 불러도 좋다. 초능력이라면 초
능력이니까. 하지만 나는 그걸 특성이라고 부르지. 상태 창
을 띄워 봤다면 알 거야. 애초에 그렇게 정의되어 있잖아."

우연희의 얼굴이 굳었다. 오로지 그녀의 시간만이 멈춘
듯이 보였다.

잠시 뒤.

우연희는 울음을 터트리기 직전까지 도달했다.

"울지 마. 너는 혼자가 아니라는 거에 오히려 기뻐해야
지. 안 그래?"

"내가 미친 게 아니라고 얼마나 말했는데. 얼마나 말해
왔는데……."

"민간인들에게 말하면 안 됐어. 특히 가족들에게는."

기어코 우연희는 손바닥 안으로 얼굴을 파묻었다.

"고개 들어. 우연희."

한참이나 흐느끼던 소리가 잦아들며, 우연희는 눈물 콧물로 범벅된 안타까운 얼굴을 들어 보였다.

"증, 증명해 봐."

우연희가 도전적인 눈빛을 폈다.

"뭘."

"나와 같다는 거. 선생님의 아픈 마음을 달래 주란 말이야. 왜 선후는 보고만 있는 거야."

"내 능력은 우연희, 너와 달라. 다행히도 전투에 특화되어 있지."

"뭐가 다행이라는 거야."

"따라와. 이 자리에서 증명할 수도 있지만 먼저 보여 줄게 있어. 그것부터 보고 시작하자."

그때 우연희는 '그것' 을 언급한 내게서 또 느껴 버린 모양이었다.

우연희는 나를 따라서 일어나지 않았다.

"괜찮아. 이 두려움은…… 말하자면 생존 본능 같은 거야. 없어서는 안 되는 거지. 계속 멀뚱히만 있을 거야? 따라와."

후. 나는 고민하다가 손을 내밀었다.

직전에도 느낄 수 있었지만 우연희의 손은 참으로 작았다.

병동의 불이 여전히 꺼져 있는 상태라 그녀는 내게 더 바짝 붙었다.

그녀를 데리고 지하층, 자재실까지 들어갔다.

역시나 그곳에서 그녀는 환상의 푸른빛에 매료되었다. 귀신에 홀린 것처럼 막이 덮여 있는 계단으로 향하는 것을, 잡아당겼다.

놀란 눈으로 항변하려는 그녀에게 경고했다.

"저기를 밟으면 넌 죽어."

"이건 대체……."

"우리에게 능력이 부여된 이유지."

탁!

자재실 형광등을 켰다.

어둠에 가려져 있던, 바닥의 굳은 혈흔들이 드러났다.

내게 더 붙어 오는 우연희를 떨어트린 다음 팔에 감겨져 있던 붕대를 풀었다.

그러고 나서는 목의 붕대도 풀어서 상처를 드러냈다.

우연희가 발을 동동 구르기 시작했다.

벌써부터 주위를 두리번거리는데, 내 상처를 치료할 약을 찾는 것 같았다.

"이상하다고 생각해 본 적 없어?"

내가 물었다.

"응?"

"우리의 재생력은 민간인들과 달라. 끔찍한 상처도 가만히 두면 낫지. 시간이 문제지만. 그건 그렇고 스킬 뭐 떴어? 틀림없이 자각 보상으로 받은 것들이 있을 텐데."

"감응은……."

"그건 특성이고. 기억이 안 나면 상태 창을 확인해. 이미 많이 해 보지 않았어?"

"공포증 치료."

우연희가 긴가민가하는 목소리로 말했다.

"다른 스킬은?"

"없어. 선후야. 다그치지 말고 선생님, 선생님 말 좀 들어 봐."

"설명 다 안 끝났어. 우리가 같다는 거. 더 증명하지 않아도 되겠지?"

나는 대답 없는 우연희를 데리고 병동 뜰로 나왔다. 우연희는 생각이 많아질 수밖에 없었다. 그녀의 초점이 오랫동안 흐릿했다.

그녀가 또 눈물을 흘리기 시작하기까지는 오래 걸리지 않았다.

그녀가 눈물을 멈추기 위해 시도하는 것들, 그러니까 하늘을 올려다보거나 손바닥으로 눈을 지그시 누르는 행위들은 별 소용이 없었다.

그래서 그녀는 눈물을 흘리면서 말했다.

"눈물이 안 멈추네. 선후 앞에서 계속 이러면 안 되는데."

"지금부터 널 여기에 부른 이유를 설명할 거야. 계속 눈물 짜도 상관은 없는데, 네 운명, 목숨이 달린 일이니까 내 말에 집중해. 준비됐어?"

"잠깐만 선후야. 아까부터 왜 계속…… 반말이야."

모처럼 만에 웃음이 났다.

그 순간만큼은 불쌍한 녀석들을 훈련시킬 때처럼 상냥한 어투를 사용하고자 했다.

"연희야. 네가 속한 세계는 말이다. 나이가 따로 없어."

등급만 있을 뿐이지.

＊　　　＊　　　＊

"그러니까 선생님이…… 뭐라고 해야 돼. 영웅, 뭐 그런 거라는 거야?"

하긴.

시작의 장 초반까지만 해도 그렇게 주장하던 녀석들이 많긴 했다. 그러나 장 끝에 치달았을 때에는 녀석들이 주장했던 영웅은 어디에도 없었다.

녀석들도 나도 그리고 내 옆에 있는 다른 생존자들도. 오히려 그 반대로 변해 있었다.

내가 말했다.

"그렇게 말한 적 없어. 몬스터들이 존재하고, 언젠가 그것들의 공격이 시작되기 전까지 사전에 처치할 수도 있다고만 했지."

"선후는 어떻게 그렇게 확신하는 거야?"

"언젠가 공격이 시작된다는 거? 몬스터가 존재한다는 걸 믿긴 하는가 보군."

우연희는 대답보다 내 어깨에 감싸여 있는 붕대를 쳐다보았다.

지금은 그나마 많이 회복된 상태다. 처음에는 살점이 한입 가득 떨어져 나가서 신경 다발이 작살 난 것은 물론, 새하얀 뼈가 드러나 있기까지 했다.

그래도 흉측한 건 흉측한 거였다.

우연희는 그 정도의 부상을 한 번도 본 적이 없었을 것이다.

"보여 줄 수 있니?"

"상처?"

"아니. 몬스터."

우연희가 말했다. 여전히 멍한 눈빛을 하고 있으면서도 말이다.

우연희는 내가 들려 준 이야기에 푹 빠져 있는 상태였다.

그리고 그녀는 선택받은 남녀 한 쌍이 괴물들을 처치하고 인류를 구원한다는, 어느 뻔한 판타지에 우리를 대입하고 있는 게 분명했다.

"떠올려 봐. 우연희. 사방은 어둠이고, 어둠 속에서는 너를 죽이지 못해 환장하는 괴물들이 끊임없이 기어 나오고 있지."

뭐라 입을 열려는 우연희에게 고개를 저어 보인 뒤, 그녀의 눈을 한 손으로 가렸다.

"너는 혼자고 공포에 떨고 있어. 그래도 어떻게든 발악하려고는 했어. 그래서 네가 눈을 감고 아무렇게나 휘두른 작은 손이 괴물을 건드렸지. 그 순간 너는 비명을 지르며 눈을 부릅뜰 수밖에 없었어. 너무 끔찍하게나 아팠거든. 그 때 마주치고 만 거야. 네 손을 씹어 먹고 있는 괴물의 눈과."

그 광경을 제대로 떠올린 것일 수 있다.

아니면 던전을 묘사하고 있는 내게서, 또 그 때의 두려움에 감응하고 있는 것일 수도 있다.

어쨌든 우연희의 몸이 떨리고 있었다.

"그러다 보이는 거야. 잊고 있었던, 어둠 속의 다른 괴물들 말이야. 그것들이 너를 둘러싸며 한 번에 달려들어. 당장 괴물 몇밖에 보이지 않지만 너는 알고 있어. 시야에 막히거나 벗어나 있는 쪽에도 더 많은 괴물들이 우글거리고 있다는 걸. 너는 비명을 지르려고 했지만 그것도 할 수 없었어. 왜냐면 네 하관을 어떤 괴물이 물어 버렸거든. 그 다음의 일은 볼 수 없어. 너는 죽으니까."

"……."

"하지만 그 뒤로 무슨 일이 일어날지는 뻔하잖아. 괴물들이 네 시신을 유린하겠지. 어떤 괴물들은 네 팔다리를 뜯어 먹고, 또 어떤 괴물들은 냄새나는 네 장기를 차지하기 위해 서로 싸우기 시작하겠지."

그쯤에서 우연희의 눈에서 손을 뗐다.

"눈 떠."

우연희가 명령에 따랐다.

장벽 앞에 처음 도착했을 때처럼 겁에 질린 눈빛이었다.

"이 이야기에서 어떤 괴물을 떠올렸든, 장담하지. 더 끔찍한 것들이야. 아직도 판타지 영화 같아?"

나는 굳어 있는 우연희의 얼굴에 몸을 기울이며 마무리지었다.

"이건 공포 영화야."

　　　　＊　　　　＊　　　　＊

　우연희는 가뜩이나 감수성이 풍부할 수밖에 없는 여자
다.

　민간인이라면 이렇게까지 깊게 빠져들지 못했을 것이다.
그녀는 내가 묘사해 준 던전 속에 혼자 빠진 것처럼 굴었
다.

　얼굴이 새하얗게 질려서는 바들바들 떨어 댔다.

　한참 뒤.

　그녀는 길 잃은 세 살배기 같은 얼굴로 나를 쳐다보았다.

　"하지만 선후 말은…… 우리가 그걸 해야만 한다는 거
지?"

　"네가 선택해야지."

　"……그렇게 되는 거겠지?"

　"그래. 지금부터 나와 함께 준비를 해 나갈지. 아니면 오
늘 일은 싹 잊고 쥐 죽은 듯이 살다가 당해 버릴지."

　"싹 잊고 쥐 죽은 듯이 살다가?"

　"당연한 거 아냐?"

　"무슨 뜻이야."

　"몬스터들의 공격이 빨리 시작되지도 않겠지만, 원래대

로였다면 너는 그날이 오기 전까지도 버틸 수 없었을 거다. 가족들의 시선, 사회의 시선, 그리고 너 스스로를 바라보는 네 자신의 시선. 그걸 네가 버틸 수 있었을 거라고 하진 않겠지. 넌 여기 오기 전까지만 해도, 어머니 하나 어쩌지 못하는 정신병자였잖아."

"선후야."

"잔말 말고 듣기나 해. 오늘 나는 살아가야 할 이유를 줬어. 예컨대 첼린저 박스에서나 나올 법한 걸 줬단 말이지. 너는 자살하지 않을 거야. 몬스터의 공격이 시작되는 날까지 꿋꿋하게 살아가겠지. 그렇지 않아?"

우연희는 조용히 있었다.

"공포 영화의 여 주인공이 되지 않겠다고 결정해도 상관은 없는데. 그렇게 결정했다면 쥐 죽은 듯이 살라는 말이다, 우연희. 그날이 오기 전까지."

나는 말을 마친 다음 벤치에 몸을 기댔다.

"거짓말."

"뭐?"

"상관없다는 건 거짓말이잖아. 선후는 선생님이 필요…… 아니지. 선후가 나를 불렀을 때는 네 1학년 담임이 아니라 동류(同流)로서. 그래, 내가, 내가 필요해서 부른 거잖아."

우연희가 횡설수설하던 말을 끝냈다.

"인정하지. 하지만 네가 아니더라도, 난 어떻게든 던전을 공략할 방법을 찾아낼 거다. 그러니 부담 가질 필요도 없고 가져선 안 돼. 네 목숨이 달린 문제니까."

진심이었다. 재도전을 위해서는 우연희가 꼭 필요하지만, 그렇다고 그녀의 머리채를 휘어잡고 강제로 끌고 들어가야 한다는 건 아니었다.

자리에서 일어났다.

"여기서 결정 내릴 것 없어. 돌아가서 고민해 봐."

"……언젠가는 부딪치게 된다고 했었지? 선생님이 원치 않더라도."

"그랬지."

"특성하고 스킬 말인데. 선생님은 치료사였어. 아픈 마음을 치료해 주는 치료사."

"주력이 될 역할은 네가 생각하고 있는 게 맞아. 모르겠다면 가서 게임이나 더 해 봐. 너한테는 그만한 교과서도 없을 것 같다."

우연희가 긴장한 얼굴로 고개를 끄덕였다.

후우—

나는 순간 들끓으려 했던 마음을 한 번의 큰 숨으로 짓눌렀다.

이젠 정말 그녀가 선택해야 할 때였다.

"바깥까지 데려다줄게. 따라와."

일어나지 않으려고 하는 우연희를 억지로 일으키는 건 덤이었다.

"집에 돌아가서 고민해. 이왕이면 괴물들에게 둘러싸인 네 모습을 그리면서. 그리고 이거."

준비해 두었던 계약서 두 장을 우연희에게 건넸다. 동료로 합류할 것을 1안, 고용인으로 들어올 것을 2안으로 삼아서 직접 2부씩 작성해 둔 것이었다.

그걸 보면 우연희는 다시금 실감할 수밖에 없을 것이다.

나와 함께하기로 결정한다는 것이 얼마나 위험한 짓인지 말이다.

"돌아가서 봐. 어떤 것도 마음에 들지 않는다면 다시 올 필요 없어. 그러면 우리는 오늘 만나지도 않은 거지. 명심해야 할 거다. 우연희."

*   *   *

우연희가 황급히 핸들을 꺾었다.

휴게소로 들어가는 표지판이 보였기 때문이었다.

사고가 나도 전혀 이상할 게 없는 상황이었으나 운이 따랐다. 휴게소 진입 차로에 들어가는 차량은 우연희의 경차 밖에 없었다.

우연희의 경차는 휴게소 외곽 라인에서 급정거했다.

졸음운전을 한 것도 아니었는데 여기까지 어떻게 온 건지 기억이 잘 나지 않았다.

그럼에도 심장이 빠르게 뛰고 있는 건, 위험천만했던 주행 때문이 아니었다.

선후에게서 느끼고 말았던 감정 하나 때문.

세상 많은 사람들이 두려움을 안고 산다.

하지만 우연희는 그렇게나 강렬한 두려움을 타인에게서 느껴 본 적이 없었다.

그런 건 우연희 본인에게나 해당한다고 생각해 왔었다.

특히 그녀의 어머니가 직장으로 쳐들어와 난장판을 피웠던 때가 절정이었다.

"더 컸어……."

우연희는 두 팔로 제 몸을 껴안았다. 그래도 몸의 떨림은 사그라들지 않았다.

우연희는 다시 선후를 떠올리고 말았다.

우연희도 예전부터 인정해 왔던 바였다. 그녀가 오랫동안 지켜본 선후는, 어떤 말로도 설명할 수 없는 기이한 존재였다.

지나치게 성숙한 것에 그친 게 아니라, 마음도 어느 성인 이상으로 강인했다.

그런 선후가 그토록 강렬한 두려움을 품고 있을 줄이야.

우연희는 본인이 미치지 않았다는 선후의 설명보다도, 바로 그 점에서 더 큰 충격을 받았다.

"괴물. 던전……."

우연희는 도저히 차 안에 있을 수 없었다.

일부러 사람들의 왕래가 가장 많은 곳, 휴게소 화장실 앞 벤치에 앉아 트럭 좌판에서 들려오는 트로트 음악에 집중했다.

그럼에도.

부모에게 떡볶이 사 달라고 조르는 아이, 짧은 치마를 가지고 아웅다웅하는 또래 커플, 담배를 피거나 스트레칭하는 남자들.

우연희는 그러한 광경들이 갑자기 낯설게 느껴지는 게 사실이었다.

"상태 창."

우연희가 중얼거렸다.

[이름: 우연희

정신: F (12)

누적 포인트 : 50
특성(1) 스킬(1)]

불과 몇 시간 전까지만 해도, 우연희에게 이 창은 환각에 지나지 않았었다.

그랬던 것이 바라보고 있는 것만으로 심장을 진정시키고 있었다.

우연희는 어쩐지 다시 흘러나오는 눈물을 훔치고선 차량으로 돌아갔다.

문득 선후가 떠안겨 줬던 서류 봉투가 생각나서였다.

그것은 두 종의 계약서였다.

다만 현실에서는 찾아볼 수 없었던 단어들이 즐비했다.

파티, 협력, 배신행위, 포인트, 던전 박스 등.

그나마 현실에서도 찾아볼 수 있으며, 그래서 가장 눈에 띌 수밖에 없었던 단어는 사망 보상금이었다.

두 번째 계약서에 명시되어 있었다.

「 던전에서 사망할 경우, 지정한 수혜자에게 원화 30억 원을 일시에 지급한다. 」

세상에 인정받을 수 없는 계약서임에는 틀림없었다.

법원에 들고 가 봤자 비웃음만 살 뿐인 계약서.

하지만 우연희의 표정은 그 어느 때보다 심각했다.

어느새 그녀는 황량한 야산과 새로 지어진 병동 그리고 그 전부를 차지하고 있던 선후의 모습을 떠올리고 있었다.

"혼자 얼마나 힘들었던 거야. 우연희, 넌…… 아무것도 아니었어."

우연희는 입술을 질끈 깨물었다.

*　　*　　*

이튿날도 그리고 그 다음날도 우연희는 나타나지 않았다.

강제로 떠밀려지기 전까진 가기 싫다고 저항했으면서도, 집에 돌아가서는 마음이 바뀌었다고 생각했다. 계약서에 담아 놓은 내용들을 보면 충분히 그럴 만했다.

사망 보상금부터 위약 조항까지.

무시무시한 문구들이 가득한 그 계약서는 길드들이 애송이 헌터들에게 내밀었던 계약서이기도 하다.

그러나 지금.

장벽을 향해 접근하고 있는 차는 우연희의 작은 경차였다.

"반가워해 줄 줄 알았는데?"

우연희가 빙그레 웃었다.

"들어와."

"낮에 오길 잘했다. 그땐 꼭 귀신이라도 나올 것 같이 으스스했잖아."

"사명이니 운명이니 하는 어쭙잖은 생각으로 다시 온 거라면."

"아니. 이거 때문에 온 거야."

우연희가 계약서가 든 봉투를 들어 보였다.

"……분명히 말해 두는데 네 목숨까지 책임질 수 없다. 솔직하게 말하지. 너는 지금 죽으러 들어온 것과 조금도 다르지 않아. 사정이 무척 안 좋아."

"뭘 좋아할지 몰라서 치킨 사 왔어. 치킨 좋아해?"

"말 돌리지 마."

"고맙게 생각하고 있어. 선후 말이 맞아. 여기로 부르기 전까지만 해도 나는 하나만 생각하고 있었어. 어떻게 죽어야 아프지 않고 그나마 쉬울까."

하지만 자살을 말하고 있는 사람의 얼굴이 아니였다. 그러면서 미소 짓는 우연희는 어쩐지 개운해 보이기까지 했다.

"안 들여보내 줄 거야?"

우연희는 치킨과 서류 봉투만 가지고 온 게 아니었다. 그녀가 가지고 온 트렁크에는 그녀의 생활품만이 아니라 다른 사람이 사용할 만한 것들도 많았다.

"약들은 필요 없을 것 같았어. 그리고 속옷. 아직 못 갈아입었지?"

예컨대 남성용 트레이닝복, 속옷, 스킨, 로션 같은 것들 말이다.

옷가지와 속옷은 그렇다 쳐도 성인 남성들의 스킨, 로션들을 가지고 온 걸 보면, 그녀는 나를 인정하기로 한 것 같았다.

내가 빤히 바라보자 그녀가 황급히 말했다.

"아, 미안. 나가 있을게. 다 갈아입으면 불러."

우연희가 나갔다 돌아왔다.

"어울릴 것 같았어."

"설마 이런 거 준비하는 데에 이틀이나 걸린 건 아니었겠지?"

"사실은 네가 준 계약서. 그날 돌아가는 길에 봤었어. 그때 바로 돌아올까 했는데 내 생명이 달린 일이잖아."

"이해는 됐고?"

"수없이 보고 또 봤어. 네가 인장과 아이템에 목숨 걸고 있다는 것을 알 수 있을 만큼."

"그래서 결정은?"

"이걸로 하기로 했어."

우연희가 서류 봉투에서 꺼낸 것은 계약서 중 두 번째 안이었다.

그녀는 인장이나 아이템 대신 돈을 택한 것이다.

현실적인 결정이다.

계약금 2억. 연봉 10억. 인센티브로 던전 1회 진입 때마다 5억. 생환 성공금 5억. 사망 보상금은 연봉의 세 배인 30억.

초출내기 헌터들이 받았던 가치를 이 시절의 것으로 환산해서 계산했다.

이 계약서는 비로소 헌터라고 불릴 수 있는 자격인, E 등급 능력자들부터 받을 수 있는 것들이긴 했으나.

그녀가 사전 각성자라는 희소성을 더해서 책정했다.

"수혜자는?"

"우리 아버지야."

"가자."

"어딜?"

"어디긴. 계약금 안 받을 거야?"

우연희가 예상했던 반응을 보이지 않아서, 솔직히 놀라

웠다. 오히려 그녀는 창구에서 한 번에 인출하지 않은 것을 신경 쓰는 눈치였다.

현금 지급기 몇 대를 거치며 돈을 뽑는 동안, 우연희는 도리어 망까지 보는 것 같은 모습을 보였다.

돈 담은 가방들을 자동차 트렁크에 싣고서 조수석에 탔다.

그러면 그렇지.

우연희의 표정이 살짝 굳어 있었다.

내가 탄 즉시 바로 액셀을 밟으려는 그녀를 일단 저지했다.

"긴장 풀어. 왜. 범죄 자금 같아?"

98년 초에 현금 2억은 큰돈이다. 대치동 아파트 시세의 지표인 한 아파트 31평형이 딱 그쯤을 형성하고 있었다.

우연희는 뭐라고 대답해야 할지 고민하는 표정이었다.

"이상한 돈 아니니까 걱정 마라. 다만 한 번에 입금하지는 않는 게 좋을걸. 세무 조사 뜨면 귀찮아. 출발해. 병원 말고 강남으로."

조그맣고 순해 보이기만 했던 그녀가 속도를 내야 할 때 내고 끼어들기에도 주저함이 없었다. 본래부터 운전 실력이 괜찮았다기보다는, 궁지에 몰린 사람의 다급한 주행에 가까웠다.

던전보다 고속도로 위에서 죽을지도 모르겠다는 생각이
퍼뜩 들었다.

"속도 낮춰."

"우리 어디로 가고 있어?"

"내 사무실."

"……"

우연희가 내 주문대로 속도를 많이 떨어트렸다.

"묻고 싶은 게 많을 텐데 참 조용하시네. 너, 학교에서는
이런 캐릭터 아니었잖아."

"마음대로 생각해."

"내가 말해 주길 기다리겠다는 건가. 좋은 자세네."

"가벼운 마음으로 계약서에 서명하지 않았어. 돈…… 도
받았잖아."

"그래 졌다. 말해 주지. 내가 누구인지. 야야. 속도 올라
가고 있다."

"미안."

"언제 각성했어?"

"중학교 때."

우연희가 약간의 시간 차를 두고서 마저 덧붙였다.

"초경을 시작하고 나서."

"나는 태어나면서부터였어. 아주 오래전부터 이 짓을 해

왔지."

그제야 우연희가 눈을 휘둥그레 뜨며 나를 쳐다보았다.

나는 어떤 말보다 앞을 가리켰다. 차가 잠깐 흔들리다가 제 차선을 찾았다.

"왜 두 번째 계약서를 택한 건지 모르겠군. 무슨 생각이야, 우연희. 갈 때 가더라도 가족들에게 돈을 남겨 주겠다는 생각은 아닐 것 같은데."

그녀의 가족 관계는 최악이다.

"탈주의 인장은 쉽게 나오는 게 아니야. 내 고용인으로 들어오기로 한 이상, 네게 돌아갈 탈주의 인장은 없을 거다."

"선후는 짐을 달고 가진 않겠지?"

"물론."

"그럼 됐어. 이제는 선후가 내 선생님이잖아. 앞으로 잘 부탁해."

*   *   *

"별일 없으셨죠?"

"어깨는 괜찮으세요? 어쩌다가 다치신 거예요."

"경기가 안 좋아서 여행 좀 하고 있었는데, 그렇게 되었습니다. 그럼 수고하세요."

로비의 젊은 경비 요원과 인사를 나눈 뒤 엘리베이터를 기다렸다.

엘리베이터 거울로 말없이 나를 바라보고 있는 우연희가 보였다. 그때까지도 우연희의 표정은 딱딱하게 굳어져 있었다.

우연희와 눈이 마주쳤다. 물론 엘리베이터 거울 안에서 말이다.

그녀가 견디다 못해 말하는 식으로 말문을 뗐다.

"태어났을 때부터라는 게 어떤 식이야? 이해가 되질 않아."

"갓 태어난 핏덩이에게 성인의 사고 능력이 부여됐다는 거지."

우연희는 그런 게 가능해? 라고 묻지 않았다. 그녀 본인 부터가 타인의 감정을 느낄 수 있지 않은가. 이해하려고 노력하는 중일 것이다.

"난 너와는 달랐어, 우연희. 가족들에게는 내 능력을 철저히 숨기도록 노력해 왔지. 지금도 마찬가지고."

"그래도."

"그래. 그래도 부모님께서는 내가 다른 아이들과 다르다는 것을 아시지. 체격, 정신세계. 거기까지야. 뭐라고 말씀

드릴 수 있겠어. 몬스터들과 싸울 수 있는 능력을 타고났다고?"

사무실 층에 도착했다.

지문 인식부터 시작하는 보안 시스템을 거치자 사무실 내부가 환하게 밝아졌다.

당장 눈에 들어오는 광경이 그녀의 예상과 크게 다르지 않았던 것일까.

우연희는 단검들이 꽂혀 있는 표적지 쪽을 향해 걸어갔다.

그녀는 표적지에서 단검을 뽑아낼 근력도 없었다. 뽑아보려고 힘만 쓰다가, 부끄러워진 얼굴로 고개를 돌렸다.

"선후에게 짐이 되고 싶지 않아. 던전은 그런 곳이잖아."

우연희의 어투는 꽤 비장했다.

"말뿐만이 아니었으면 좋겠군."

"진심이야."

"그 마음 유지해야 할 거다. 네가 짐으로 여겨지는 순간."

뒤에 이어질 말을 우연희가 선수 쳤다.

"나는 버려지겠지. 아마도."

우연희는 이 비극을 담담히 받아들이고 있었다.

"네 각오를 지금 증명하려고 노력할 필요 없어. 이리로 와서 앉아."

우연희가 테이블에 앉는 사이, 나는 수첩을 찾아 왔다. 그러고는 견졸이 그려져 있는 페이지를 펼쳐서 우연희에게 내밀었다.

"보고 싶댔지. 몬스터."

"이게…… 선후가 그린 거야?"

"바보 같은 질문 말고. 그것들의 크기는 나만 하다고 보면 되겠고. 그런 것들이 수십 마리씩 덤벼들게 될 거야."

"걸어 다녀?"

"걷기도 하고 뛰기도 하고 날기도 하지."

"날아?"

"점프. 날아오는 것처럼 보이지. 이런 것들과 싸울 수 있겠어? 그건 작은 그림에 지나지 않지만 실제로 마주하고 나면 넌 움직일 수도 없을 거다."

"이대로라면 그렇게 되겠지. 그러니까 선후가 날 준비시켜 줘야 돼."

우연희가 대꾸했다.

우연희가 키와 골격이 큰 여전사 타입의 여자였다면 괜찮았을 것이다. 그러나 내 가슴에나 겨우 올 법한 작은 체구에, 살짝만 건드려도 크게 다쳐 버릴 것 같은 모습인지라.

그녀의 비장한 각오 서린 표정마저도, 그래. 귀엽게 보이는 게 사실이었다.

"넌 직접 뒤엉켜서 싸울 일이 없어. 그래서도 안 되고."

"어?"

"그런 순간이 오면 다 끝난 거다. 내가 죽었거나 포위되어 버렸거나 혹은 몬스터를 놓쳐 버린 거니까. 하지만 활을 쏘고 도망칠 수 있는 능력치까지는 맞춰 둘 각오를 해야겠지. 뭐 그런 것 때문에 널 합류시킨 게 아니지만."

"난……."

"뭘 생각한 거냐. 우연희. 특전사 훈련이라도 받을 줄 알았나? 네가 지금 당장 뭘 배운다고 이것들을 상대로 쓸 수나 있겠어. 대체 널 얼마나 대단하게 생각했던 거냐."

순간에 긴장이 끊겨 버린 것처럼, 우연희의 얼굴이 쾡해졌다.

"내 능력은 정신계 치료사 쪽이지?"

우연희가 제대로 말했다.

"그러니까 지금 시험해 보자고. 네가 진짜 힐러로 굳어졌는지. 딜러로서의 가능성이 남아 있는지."

줄곧 참아 왔었다.

최초로 각성했을 때에도, 최초로 던전을 발견했을 때에도 첼린저 박스가 터졌다. 이에 최초로 파티를 결성한다면?

[우연희를 파티에 초대 하였습니다.]

육감을 발동시킨 그 때, 우연희의 시선도 허공을 향해 있었다.

그녀에게는 다른 메시지가 떴을 것이다.

"따라해. '수락.'"

얼떨떨해 있던 우연희의 입술이 조심스럽게 열렸다.

"수락."

[우연희가 파티에 합류 하였습니다.]

[축하합니다. 각성자 최초로 파티를 결성 하였습니다.]

최초. 최초. 최초!

저 문구는 언제 봐도 환상적이다. 환호성을 지를 뻔했다.

이를 악물며 허공을 노려보았다.

[최초 결성 보상으로 '브론즈 박스'를 획득 하였습니다.]

최초로 자각한 자에게 첼린저 박스. 최초로 던전을 발견한 자에게도 첼린저 박스.

반면에 최초로 파티를 결성한 자에게는 브론즈 박스가 예정되어 있었다.

그러나 그 차이점을 납득할 수 있었다.

오히려 파티 결성 행위에는 어떤 리스크나 큰 의미가 없어서 과연 뜰까 싶었는데도, 그것이 실제로 일어났다.

아니.

우연희를 합류시킨 것 자체가 리스크로 인식됐던 걸까.

Chapter 2.

동료 중에 그런 녀석이 있었다.

얻는 족족 간절히 원했던 것 이상을 띄웠으며, 그래서 던전 박스라도 개의치 않고 달려들던 녀석.

녀석의 운발은 감탄할 만큼 대단했고 녀석의 배짱은 거기서 나왔다.

그렇게 유명해진 것이 녀석에겐 처음 겪은 불운이자 치명타가 되고 말았지만.

어쨌든 녀석은 보고 있노라면 '행운'이라는 히든 능력치가 있는 것이 아닌가 의심될 정도로 우리에게 엄청난 괴리감을 선사했었다.

가장 큰 괴리감을 느꼈을 때는 단연 그 때였다.

녀석이 아주 희박한 확률을 뚫고, 상위 박스의 내용물을
연달아 띄웠을 때.

*　　　*　　　*

[인장 '신속'을 획득 하였습니다.]

민첩을 일시적으로 한 등급 상승시켜 주는 게 신속의 인
장이다.

하지만 내게 들어왔을 때는 말이 달라진다.

역경자 특성을 터트리면 민첩의 등급이 무려 두 단계 상
승하게 되는 거다.

더 빠르게 피하고.

더 치명적인 일격을 가할 수 있는 것이다.

거기까지만 해도 쾌재를 지르기에 충분했다.

그런데 인장의 등급에, 남은 횟수까지!

[신속 (인장)

효과: 민첩의 등급을 한 등급 상승 시켜 줍니다.

등급: E

지속 시간: 30분

　　남은 횟수: 3회]

　E 등급의 인장.

　실버 박스에서나 나오는 내용물인 데다가 3회가 충전되어 있다!

　자신의 운발에 대해 떠들어 댔던 불쌍한 녀석이 생각났다.

　첼린저 박스에서 회귀의 기회가 떴을 때를 기점으로, 녀석의 행운이 내게로 옮겨진 게 아닐까 싶었다.

　그 결과.

　일악, 일선 등의 녀석들이 선점했던 최초 타이틀들을 내가 삼키고 있다. 직전의 던전에서는 탈주의 인장이 뜨기도 했다.

　그리고 지금은 감히 상위 박스의 내용물을 띄워 버렸지 않은가!

　"나도 상자를 얻었어."

　그러던 문득 우연희의 목소리가 끼어들었다.

　그녀가 눈웃음이 가득한 고개를 들고 있었다.

　"스킬이 떴고, 스킬 이름은 육체 치료야."

　그때 정신 줄을 놓아 버렸다면 우연희를 껴안았을지도

모른다.

생각했다.

어쩌면 정말로 회귀의 기회를 얻었던 시점부터 행운의
여신과 함께하고 있는 것은 아닐까!

흥분을 가라앉히기 어려웠다.

우연희라는 애송이에게 못난 꼴을 보이기 싫어서 입을
악다물고 있던 탓에 뜨거운 숨만 콧구멍을 들락날락했다.

화장실에서 확인한 내 얼굴은 조금 전의 우연희처럼 달
아올라 있었다.

"역시 정신계란 건가."

그런 것 같다.

내 얼굴이 우연희 같은 게 아니라, 우연희가 내 감정에
휩쓸린 것일 터.

이래서 우리 헌터들이 정신계 헌터들과 마주치면 특히나
날을 세웠던 것이다. 그들 앞에선 벌거벗은 것이나 다름없
으니까.

거기다 악의를 품고 있는 자라면…….

다시 사무실로 돌아왔다.

우연희가 바라보고 있는 정면에는 아무것도 없었다.

그러나 그녀의 초점은 뚜렷했다.

스킬 효과를 확인하고 있는 게 틀림없었다.

"이로써 너는 힐러에 가까워졌어."

"나는 정신계 아니었어?"

우연희가 기쁨을 감추지 못한 채로 반문했다.

"그렇다고 해서 정신계 스킬만 뜨진 않아. 힐러에 특화된 스킬들이 뜨되, 첫 특성을 따라서 정신계 쪽이 주를 이루겠지. 운발이 좋다면 공격 스킬도."

우연희에게도 내게도 운이 좋았다.

그녀에게 공격 스킬이 떴다면 지금으로써선 독이 될 수밖에 없었다.

그쯤에서 나는 쓸모없어진 구속 장치를 풀어 버렸다.

[파티를 해제 하였습니다.]

그러고 나서 어깨의 붕대도 풀었다. 우연희는 내가 본인을 향해 어깨를 드러내고 있는 이유를 모를 정도로 미련하지 않았다.

우연희가 용을 쓰던 잠시 후.

화악—

그녀의 얼굴엔 놀라움이 번졌다.

내 앞에도 메시지가 떴다.

[상처가 소폭 회복 됩니다.]

　물론 F급의 하급 스킬 따위로 환상적인 이펙트나 놀라운 재생 작용이 바로 시작되는 것은 아니었다.

　예컨대 그녀는 처음으로 날개를 펄럭이는 중이었다. 어렴풋이 느껴 왔던 육감을 실제로 끄집어냈으며, 스킬을 구현해 내는 데 성공했다.

　"잘했어. 우연희. 그렇게 하는 거야."

　한때나마 희망을 가지고, 사이코 애송이 녀석들을 육성했던 시절이 생각나던 그 무렵.

　인터폰이 울렸다.

〈 사장님. 손님이 찾아오셨습니다. 올려 보낼까요? 〉

〈 누굽니까. 〉

〈 죄송한데, 제가 영어를 잘 못해서. 바꿔 드려도 되겠습니까? 키가 큰 백인 남성분입니다. 무척 급한 용무 같습니다. 〉

〈 ……올려 보내세요. 〉

　　　　＊　　　＊　　　＊

"나 갈까?"

벌써 우연희는 자리를 비킬 준비를 끝마친 상태였다.

"그대로 있어."

잠시 후, 사무실 문을 두드리는 소리가 세차게 울렸다. 문을 열어 주자 우리만큼이나 상기된 얼굴이 불쑥 들어왔다.

야구 모자에 선글라스. 서울 관광을 나온 듯한 어느 외국인.

"여기 있었잖아. 왜 연락이⋯⋯!"

조나단의 높아지고 있던 언성이 뚝 끊겼다. 그가 안절부절못하면서 내 어깨며 얼굴이며 여기저기를 훑어보기 시작했다.

"아무 일도 없다면서. 대체 얼마나 다친 거야? 맙소사, 네 몰골을 봐!"

"허락도 안 받고 와? 네가 얼마나 유명 인사인지 모르는 거냐."

"지금 그게 문제야? 대체 어떻게 된 거야."

"작은 사고가 있었어. 꼬리 달고 온 건 아니지?"

"될 대로 되라지."

"무슨 소릴!"

"걱정 마. 그런 건 진즉에 치우고 들어왔어. 이렇게 다쳤으면 말을 해야지. 그런데…… 누구?"

"이제야 보이는 모양이야."

조나단이 사무실 안의 우연희를 발견했다. 우연희는 던전에 홀로 남은 것처럼 서 있던 자리에서 바짝 굳어 있었다.

반응으로 보건대 우연희는 내 영어 실력에 놀란 것이 아니라, 조나단 때문에 놀란 것 같았다. 그녀는 그가 누구인지를 알고 있었다.

그랬더랬지. IMF가 터졌을 때 중학교 꼬맹이들에게 우리나라의 고난을 설명하기 위해 애를 썼던 그녀이지 않은가.

마침 조나단은 내 부상 상태를 확인하기 위해 선글라스를 벗어 버린 상태였다.

"인사해라. 내 중학교 담임…… 이었다."

그러면서 우연희도 불렀다. 우연희는 조나단을 할리우드 스타를 보듯이 쳐다보았다.

우리가 처한 세계관을 들려주었을 때에는 내 감정에 동요되었었기 때문에, 지금처럼 입이 쩍 벌어지지는 않았었다.

"누군지는 아는 것 같으니 소개는 필요 없지? 안 그래?"

고개를 숙이려는 우연희의 얼굴 앞으로 조나단이 손을 내밀었다.

"썬의 담인 선생님이 이렇게 귀여운 미인이신지 몰랐습니다."

물론 영어로 말이다.

우연희는 문장 전체를 제대로 알아들은 것 같지 않았다.

영어 교과 담당이 아니었던 이상, 임용고시를 준비하며 쌓았던 영어 실력은 이미 오래전에 사라지고 없을 것이다.

익숙한 단어 몇 개를 붙여서 제 나름대로 해석할 정도.

우연희는 얼떨떨해하며 조나단과 악수를 나눴다.

그때 나는 펜과 종이를 가지고 왔다.

"여기에 수혜자의 이름과 주민등록번호 그리고 주소지를 적어. 가능하면 영어. 안 되면 한글."

"지금?"

"시키는 대로 해."

우연희가 선 자리에서 종이를 채웠다. 나는 그것을 조나단에게 건넸다.

"이 사람은 누구야?"

조나단이 물었다.

"이 여자의 아버지."

"그러니까 왜?"

"내가 어느 날 갑자기 실종되면, 거기에 적힌 한국 남자에게 원화로 30억을 보내 줘."

일단 조나단을 컴퓨터가 즐비해 있는 방으로 보냈다.

"우리 둘뿐만이라고 하지 않았어?"

우연희가 조나단이 사라진 방문을 쳐다보며 물었다.

"맞아. 조나단은 민간인이야."

그러나 그것만으로는 설명이 되지 않는지라, 우연희는 조금 전에 조나단을 쳐다보던 시선으로 나를 바라보기 시작했다.

"우연희, 넌 의외의 구석이 있어."

"어떤 구석?"

"조나단을 알아봤잖아."

"깜빡깜빡하나 본데, 이래 봬도 나는 교사야. 아니, 였지만."

교사로서 학생들을 올바르게 선도해야 했었다는 건가.

하지만 중학교 꼬맹이들 앞에선 IMF에 대해서 아무리 떠들은들 소귀에 경 읽기였다.

"조금 전까지만 해도 우리는…… 그런데 이번에는 IMF에 조나단이야. 이번에는 많이 지나쳤어. 날 납득시켜 줄 수 있겠어?"

우연희가 혼란스러워했다.

"던전이 밥 먹여 줘? 나도 먹고는 살아야지. 너한테 준 돈이 어디서 나왔을 것 같아."

"하지만 넌."

우연희는 그쯤에서 말을 그쳤다.

그녀의 두 눈 안에 심하게 일고 있던 파문이 서서히 가라 앉고 있었다.

그러다 오래된 관찰자의 시선을 보였다.

"학교생활에 조금도 관심이 없었을 만해."

"우리가 맺은 계약은 조나단이 집행할 거다. 세상에서 이보다 확실한 집행자를 찾을 수 없겠지. 조나단이 누군지 알지?"

"그가 누구인지 알고 있고, 네가 굉장하게 살아왔다는 것도 알겠어."

"그러니 지금 이 순간부턴 내가 시키는 대로만 해. 너를 위해서. 나를 위해서."

그렇게 하겠다는 대답을 받고 난 뒤에 우연희를 돌려보 냈다.

그녀와는 내일 오전에 사무실에서 다시 만나기로 했다.

불청객이 기다리고 있는 방문을 열었다. 그때에도 불청

객은 우연희가 작성한 메모를 뚫어져라 쳐다보고 있었다.

불청객, 조나단의 고개가 내 쪽으로 돌려졌다.

"왜 이 사람에게 30억 원이나 줘야 하지? 실종된다는 가정은 왜 붙인 거고? 유서를 작성했던 게 뜬금없던 것이 아니었어. 네 주변에선 무슨 일이 벌어지고 있는 거냐."

"내 모든 게 미스터리지?"

"썬!"

"그래도 파헤치지는 마. 각자의 사정이란 게 있는 거 아니겠어? 나중에 들려주지."

"또 나중에야?"

"환자를 너무 핍박하는 거 아냐?"

"너는 심각한 위험에 빠져 있잖아. 이 나라 정권과 관련된 일이라면 더더욱 숨기지 마. 이러지 말고 나랑 같이 뉴욕으로 가자. 나는 네 나라가 처음부터 마음에 들지 않았어."

조나단에게도 밝혀야 할 때인가?

고민은 길지 않았다.

아직도 20년이란 긴 세월이 남았다는 걸 떠올린 나는 조나단 앞에 앉았다.

진심을 다해 말했다.

"부탁하는데, 내 일은 내가 알아서 하게 해 줬으면 한다.

그래도 들어야만 하겠다면 들려는 줄게. 나는 절대 원치 않다는 것만 알아 둬."

조나단이 제 머리를 마구잡이로 헝클었다. 그러고는 짜증 난다는 듯이 말했다.

"그거 반칙이다."

조나단이 가지고 온 가방을 끌어안았다. 나는 그가 화가 난 대로 사무실에서 뛰쳐나갈 줄 알았는데 그게 아니었다.

조나단이 내게 건넨 건 두꺼운 책 하나였다.

「 Nothing Venture Nothing Have 」

잘생기게 꾸민 조나단의 얼굴이 표지 전면에 박혀 있었으며 제목은 모험 없이 수익은 없다, 쯤으로 번역할 수 있을 것이다.

"제목은 마음에 들어?"

*   *   *

"나도 많이 배웠다."

조나단이 침묵을 깼다.

그는 제 얼굴이 박힌 책을 소중하다는 듯이 바라보고 있었다.

금융과 경제를 제대로 전공한 조나단마저 속아 넘어갔으니 일반 대중들이야 뻔한 일이다.

거꾸로 계산하듯. 결과론에 짜 맞춰진 방법이지만 당사자 외에는 진실을 알 길이 없다.

여러 웹 사이트들을 돌며 확인한 반응은 예상한 대로 폭발적이었다. 자존심 높은 파이낸셜 타임스와 월스트리트 저널에서까지 이 책을 다루고 있었다.

"직접 체감한 바는?"

"시작부터 3쇄 증판이야. 조만간 네 나라에도 번역본이 깔릴걸."

"접촉이 더 많아졌을 텐데?"

"그렇지 않아도 사막에 도시를 세울 수 있는 녀석들까지 성화다."

오일 머니도 조나단에게 접촉하고 있다는 것이다.

"그럼 당국의 승인은 떨어진 거나 다름없겠군. 블루 록과 ANC에서는?"

"기다렸다는 듯이 전화가 왔었지. 연필 깎고 가만히 기다리고 있으라고."

"그래서?"

"시키는 대로 했지. 그랬더니 펀드 고객 자금 매각은 뒷전이고, 합작 회사가 본 목적이었지. 그들도 안 거야. 조나 단 인베스트먼트는 지금부터 시작이란 걸."

"해석에 따라, 역외 회사들의 지분이 뉴욕 회사로 묶일 수 있는 가능성이 있다는 것. 잊지 않았지?"

"그래서 펀드 고객 자금 건에 대해서만 종결지었어. 자산 운용 구조를 운운하길래 이미 진행 중인 인수 건이 있다고 했지. 사실 거짓말도 아니고. 이제 당국의 승인만 떨어지면 뉴욕 회사에서 운용할 수 있는 외부 자금만 500억 달러가 넘어. 그래서 하는 말인데, 썬. 영국에……."

"안 돼. 너는 애초에 질리언의 자질을 의심하지 않았어?"

"말은 바로 하자. 내가 어떻게 머건 그룹의 그룹 계좌 운용 담당을 판단하고 말고 해. 네게 비하자면 그랬다는 거지. 그런데 알아보니 그자가 머건 그룹의 프로그램 설계에 큰 기여를 했다더군. 넌 그것도 알고 있었던 거지?"

"말했을 텐데. 질리언이 우리 개인 재산을 운용할 거라고."

"그랬지."

"그러니 조나단, 넌 제프리 케이와 함께 투자 회사 인수들에 집중해야 돼. 네 덜떨어진 바보 친구들은 영업 부서로 보내 버리고 월가 최고의 엘리트들로만."

"이것도 인정하고 시작하자. 엘리트들? 그들은 내 밑에 선 배울 게 없어. 내가 배워야 할 판이지."

"독립할 기회만 엿보고 있는 녀석들이? 네게 뭘 배울 생각일 것 같아? 녀석들이 바라는 건 간판과 돈이야. 전에는 돈은 됐어도 간판이 후달렸지. 이제 매입 승인이 떨어지고 나면 그것도 아니야."

"확실히……."

조나단이 나를 쳐다보며 말했다.

"확실히 넌 위험에 빠졌어. 내게 준 명성이 필요해지면 언제든지 거둬 가서 써. 수습은 내가 잘 알아서 할 테니까."

바로 수긍할 수밖에 없었다.

던전에서의 절망과 두려움을 여기까지 가져오고 있었다.

"네 친구들을 바보 머저리라고 했던 건 사과한다. 애초에 충성심 하나만 보고 뽑아 온 녀석들이었지. 내가 주문했던 것이기도 하고."

"그럴 것 없어. 그 친구들에게 자금 운용을 맡기라고 한다면 나부터 질색이니까. 패배자들은 패배자들끼리 놀아야지. 그래도 괜찮은 녀석들이니까 신경 쓰지 않아도 된다. 오히려 우리에게 고마워해야 할 녀석들이지."

　　　　*　　　*　　　*

우연희처럼 조나단을 알아보는 경우가 있을 수 있었다.

배달 음식을 시켰다.

조나단이 그나마 즐길 수 있는 한국 음식은 순두부찌개.

맵다면서도 맛있게 먹은 배달 음식점의 이름을 기억할
정도였다.

그러나 조나단이 지정했던 음식점도 IMF 한파에 휩쓸린
것 같았다.

한국에 진출했던 외국계 기업들이 주 고객들이었으나 모
두 빠져나가면서, 음식점의 매출도 가게를 유지할 수 없을
정도로 추락했을 것이다.

흔한 그림.

"이 집은 별로네."

조나단이 숟가락을 내려놓았다.

"우리나라가 처음부터 마음에 안 들었다고 했지?"

"홧김에 나온 말이야."

"그래?"

"뭐야, 그 눈초린. 나라를 위해서 자발적으로 희생하는
국민은 네 나라에 밖에 없을 거야. 내가 마음에 안 든다고
한 건, 이렇게 선한 애국자들을 거기까지 내몰았다는 거 때

문이었지. 별다른 게 아냐."

조나단이 금 모으기 운동을 언급했다.

자그마치 200톤이 넘게 모였다.

전 세계가 찬사를 아끼지 않은 일을 조나단이라고 모를 리가 없었다.

심지어 그는 우리나라에 들어온 후 금반지를 싸 들고 오는 주부들을 직접 목격하기까지 했다.

그 금들이 우리나라의 금융 위기를 해소하는 데 쓰인 것도 맞지만, 그러는 과정에서 착복하는 이들도 있었다. 조나단에게는 일부 관료들과 기업 그리고 업자들의 배만 불려 준다는 그 사실을 들려주지 않았다.

이민 소리만 더 나올 테니까.

"생각해 봤어?"

그렇게 물으며 컴퓨터로 향했다. 조나단도 따라오며 대답했다.

"어떤 걸?"

"우리나라뿐만이 아니야. 아시아에 들어왔던 외국계 자금들, 다 어디로 갔을까?"

조나단이 의자를 가져와 내 옆에 앉았다. 그러고는 모니터에 띄우는 웹 사이트들을 흥미로운 시선으로 관찰하기 시작했다.

동유럽과 라틴 아메리카의 주식 시장이 그렇게 호황일 수가 없었다.

"다음의 투자처야?"

조나단이 혼자 묻고.

"너무 늦은 거 아냐?"

혼자 결론지었다.

그리고 정확한 판단이었다.

들어갈 수 있는 기회가 얼마든지 있었지만 그때는 숨 고르기 중이었다. 애피타이저를 포기하고 홍콩발 충격으로 벌어들인 돈들을 분산하기 바빴다.

메인 요리는 따로 있었다.

"아시아를 불태우는 데 쓰였던 자금과 거기에 놀란 자금들이 모여들고 있지. 동유럽과 라틴 아메리카로 일제히."

모니터를 가리키며 말했다.

조나단은 내가 또 무슨 마술을 부릴까 기대하는 눈빛이 되었다.

설명을 이어 나갔다.

"한 군데가 더 있다. 러시아."

뜬금없이 언급된 한 나라의 이름에 조나단도 컴퓨터를 부팅시켰다.

내가 준 힌트를 쫓기 시작했다.

재무국과 각종 금융 기관에서 발표한 러시아 관련 보고서들을 훑어 나갔다.

　그리고 조나단은 당연한 결론에 치달은 것 같았다.

　누구라도 그랬다.

　결과에 짜 맞춰서 출간한 책에 모두가 속아 넘어갔듯이, 세계의 금융권은 러시아가 내놓는 데이터들에 속아 넘어갔다.

　심지어 러시아 당국에서도 자신들의 데이터를 진짜라고 믿고 있었다.

　그때.

　조나단이 그가 지었을 결론을 부정했다.

　"러시아가 가진 핵무기가 몇 개나 되는 줄 알아? 러시아는 망할 수 없는 나라야."

　이미 조나단의 입에서 그런 소리가 나왔다는 것 자체가 문제의 시발점이라고 본다. 러시아를 바라보는 일반적인 인식.

　자리에서 일어났다.

　나는 조나단이 띄워 놓은 보고서들을 확인했다. 찾고 있던 걸 발견하고는 마우스에서 손을 뗐다. 허리를 펴며 말했다.

　"단기 금리가 40%에 이르렀어. 징조가 확실해."

"시장의 생각은 달라."

물론 조나단의 어조는 내게 반박하는 식이 아니었다.

도리어 기대감으로 가득했다.

"그야 IMF 때문이잖아. 이 나라에 들어왔던 외국계 투자 자금 일부에, 국제 자본까지 보태져서 러시아로 들어가고 있어. 헤지 펀드들의 러시아 국채 매수 포지션을 확인해 보면 금방 알 수 있는 일이고."

"그리고?"

"그보다도 내가 러시아에 집중하고 있는 이유는 따로 있어. 현 정부의 무능함. 너는 우리나라 정부가 못마땅하다고 했지만, 러시아는 말 다했지. 러시아의 신흥 부자들? 돈을 못 빼돌려서 환장했다."

조나단이 보고서를 다시 쳐다보며 말했다.

"수출 데이터가 틀렸다? 네 말대로라면 외환 보유고가 작살나 있겠는데?"

조나단은 러시아의 심각성을 서서히 깨닫고 있었다.

"더 보자고."

"또?"

"IMF의 파장 말이다. 우리나라에서 가지고 있는 러시아 국채. 그게 어떻게 될 것 같아? 땅이며 기업이며 나라 전체를 팔아 대는데 러시아 국채 따위는 말 다했지."

그때 조나단이 감격에 사무친 얼굴로 말했다.

"네 나라에서 러시아 국채까지 처분하기 시작한다면. 하! 우리가 홍콩에서 벌였던 일 같은 게 또 터져 버리고 말겠군."

나는 고개를 끄덕였다.

"그래. 러시아는 파산하게 될 거다."

조나단에게 설명하지 않았던 이유들이 그 외에도 넘쳐났다.

아시아 금융 위기에서 막대한 수익률을 이뤄 낼 수 있던 까닭은 하락이 시작되는 '정확한 지점'을 알고 있기 때문이었다.

그렇지 않고서야 최고 레버리지를 사용한다는 건, 저주가 들어 있을 확률 99.999%의 던전 박스에 손을 대는 것과 조금도 다르지 않다.

그러한 투자법은 팔선 녀석들이 그토록 신봉하는 절대자만이 가능한 것이다.

나도 한때나마 절대자의 투자법을 사용할 수 있었다.

그러나 이제는 많은 데이터가 필요해졌다.

조나단에게는 러시아가 망할 거라는 증거 자료들을 수집하는 것이 될 테고, 내게는 큰 흐름만큼은 유지되고 있다는 걸 확인하다는 데 의미가 있을 것이다.

조나단이 핸드폰을 접으며 말했다.

"이래서 관료들은 안 돼. 시대를 따라가지 못하잖아. 대체 언제까지 팩스만 쓸 거냐고! 이것들은 불륜을 저지를 때에도 팩스로 할 기세야. 왜. 이혼 서류도 팩스로 보내지그래."

"너무 나갔어."

"큭. 가장 빠른 편으로 돌아가야겠어. 여기로 팩스를 받을 순 없잖아. 오늘 밤은 공항 근처에서 보낼게."

"투자 시안까지 보고 가지그래?"

"투자 시안? 러시아가 망할 거라고 완전히 확신하는군!"

상방에 배팅하는 건 쉽다.

그러나 정확한 하방 시점을 모르는 이상, 그렇게 될 거라는 예측만으로는 뛰어난 전문가의 수많은 사전 작업이 필요하다.

바로 질리언.

영국령의 조세 피난처에 둥지를 튼 그는 지금도 투자 시안이 들어오기만 기다리고 있을 것이다.

*　　*　　*

영국 왕실령 맨 섬.

런던 북부 태생인 질리언에게 여기는 고향도 아니었다. 엄밀히 말하자면 행정상으로도 독립되어 있기에 고국이라고 부르기에 애매한 구석이 있었다.

그래도 같은 바다를 공유하고 있었으며 같은 여왕을 두고 있었다.

질리언은 단골로 삼은 주점으로 향했다.

조세 피난처로 기어들어 온 외국인들은 제 저택에서 틀어박혀 나오지 않을 일이었다.

질리언이 그들의 저택에 몇 번 왕래하던 걸 그만둔 건, 여기 주점을 우연히 발견한 이후부터였다.

학창 시절이 생각나는 곳이었다.

항상 프리미어리그 경기가 틀어져 있었고, 퇴근 시간이면 이미 철 지난 재방송임에도 분통을 터트리는 남자들이 많아지곤 했다.

그래서 여기에 올 때면 같이 넘어온 신입들을 꼭 떨쳐 냈다. 축구를 싸커라고 부르는 녀석들은 이 주점에 들어올 자격이 없다는 게 비단 그의 생각만은 아니었다.

특히나 여자는.

"제시카? 여긴 어떻게 알고 왔어."

"소리 쫓아서 왔어요."

제시카가 주점 텔레비전을 눈짓으로 가리켰다.

질리언은 기가 막힌다는 표정을 지었다.

자신이 갈 곳은 여기 외에도 많았다.

해변의 레스토랑, 꾸준히 초청하는 저택, 금융인들의 살롱 등.

그런데도 제시카는 여기를 특정해서 온 것이었다. 축구 소리 하나만 쫓아서.

좋은 눈치만큼이나 머리가 영민한 녀석이다.

금융 세계에 들어오지 않았어도 어디서든 성공할 녀석.

그래서 금융 세계에서는 더욱 빛나게 될 거다.

때문에 자신의 메일 계정을 맡기기도 하지 않았던가?

문득 질리언은 제시카가 평소와 다르다는 걸 깨달았다.

쉽게 흥분하는 법이 없던 녀석인데 다소 상기된 기색이 눈에 띄었다.

"혹시 투자 시안이 도착했나?"

제시카가 흥분에 찬 목소리로 대답했다.

"천재라는 단어를 섣불리 쓰고 싶지 않지만. 이 사람들 진짜 천재예요!"

*   *   *

밤잠을 이룰 수 없는 흥분에 휩싸여 있었다.

질리언이 상체를 벌떡 일으킨 그대로 전화부터 움켜쥐었다.

〈 제시카. 목소리를 들으니 아직 자지 않은 모양이군. 〉

〈 보스도 못 주무시는 거죠? 〉

〈 미 재무부 부장관의 일정을 확인해 봐. 〉

〈 내일 모스크바 방문이 잡혀 있어요. 〉

수화기 너머에서 즐거운 어조의 대답이 바로 나왔다.

질리언은 제시카의 명석한 행동에도 놀랐지만, 그보다 더 놀란 건 투자 시안의 예측력과 독창성이었다.

야심한 밤.

제시카가 질리언의 방으로 찾아왔다. 질리언이 호출했기 때문이다.

제시카는 데이터 서류들을 한 아름 안고 들어와서는, 적당한 테이블에서 정리하는 것으로 밤 인사를 대신했다.

"투자 시안의 놀라운 점은 숫자만 다뤘다는 게 아니야."

"네! 주요 인사의 행동 패턴까지 계산에 넣어 뒀어요."

미 재무부 부장관의 모스크바 출장을 말하는 게 아니었다.

극비가 아닌 이상 전화 한 통으로 얼마든지 확인할 수 있는 일이다.

"투자 시안에 따르면. 미 재무부 부장관의 면접 요청이 러시아 총리의 수석 비서 선에서 잘라지게 될 거라는군."

"맞아요. 그 수석 비서는 세상 물정을 하나도 몰라요. 아직도 냉전 시대에서 살고 있죠. 어디서 감히 부장관 따위가 대 러시아의 총리를 만나냐는 식이 될 거라는 거예요. 저도 투자 시안의 조언에 크게 공감하고 있어요."

그러면서 제시카가 질리언에게 몇 장의 서류를 넘겼다.

프린트한 지 얼마 안 된 그것들은 미약하나마 온기가 남아 있었다.

말이 필요 없는 녀석.

마치 요술 상자처럼 자신이 원하는 걸 눈치채고 준비해 둔다.

'이런 녀석이 전화 서기로 썩고 있었어? 여자라는 이유 하나만으로? 월가도 끝물이군. 조나단 같은 신출내기한테 호되게 당해도 싸.'

질리언의 흐뭇한 시선은 곧 진중하게 변해 서류로 향했다.

러시아 총리. 그리고 그의 수석 비서.

두 명의 이력과 지금까지 그들이 해 왔던 발언들을 요약

해 둔 것이었다.

투자 시안에서 몇 줄의 문장으로만 언급하고 넘어갔던
것들에, 제시카가 나름대로 증빙 자료들을 더 찾아 둔 것.

"재무부 부장관이 퇴짜를 맞으면 파장이 클 거야."

세계 경찰국을 자처하고 있는 미국이지 않은가.

그러할 수 있었던 이유는 강력한 군대를 위시로 한 펜타
곤 덕분이었다.

하지만 그것도 옛말.

힘의 지축에 큰 변동이 있었다.

미 정부가 세계에 영향력을 키우는 방법으로 항공 모함
수를 늘리는 것보다 더 나은 방법이 있음을 깨달은 것이다.

국방부에서 재무부로.

미국은 더욱 강력해질 수 있었다. 자본주의 만세.

그런 재무부 부장관을 퇴짜 맞혀?

질리언은 설마 하면서도 투자 시안과 제시카가 덧붙인
자료들에서 눈을 떼지 못했다.

제시카가 말했다.

"지금이라도 루블화에 포지션을 짧게 가져가고…… 투
자 시안의 계산이 맞아 떨어진다면……."

"계산이 틀렸다면? 러시아인 한 명의 행동 패턴으로 그
런 리스크를 짊어지고 싶어? 투자 시안이 명백하게 말해

주고 있는 바는, 참고 자료로 삼으라는 것뿐이다. 더 이후를 보고 있어."

"하지만 파장이 너무 커요. IMF의 러시아 지원이 중단될 수 있는 여지까지 다뤄지고 있는 걸요."

"뒤를 보자고."

질리언은 교사 같은 마음가짐으로 차분한 어조를 일관하고 있었다.

그러던 문득 제시카가 뜬금없는 말을 뱉었다.

"그거 읽어 보셨어요?"

물론 질리언은 그것이 무엇인지 짐작할 수 있었다.

금융권뿐만 아니라.

경제라고 하면 모기지론 담보 대출을 받을 때나 관심을 보이는 일반인 사이에서도 큰 화제였으니까.

신출내기 하나가 40만 달러로 200억 달러 이상을 벌었다.

그것도 반년 만에!

역사적인 사건이며 다시는 깨지지 않을 기록이었다.

"조나단?"

"네. 인상 깊었던 구절이 있거든요. '지금이야말로 숫자가 아닌, 사람을 봐야 할 때라고 생각했다. 정책 하나에 요동치는 숫자와는 달리 사람의 언행은 지난 행적에서 크게 달라지는 법이 없지 않은가. 그때 나는 숫자를 움직이는 게 정책이고, 정책을 움직이는 게 사람이라는 것에 주목했다.'"

"출간된 지 얼마나 됐다고 그걸 다 외웠어? 이렇게나 조나단의 열성 팬인 줄은 몰랐군."

"저는 그를 꽤 많이 봤어요. 그리고 그때의 그는 거래소로 들어올 때면, 항상 풀이 죽어 있었죠. 보스는 머건 그룹에만 계셨으니 조나단과 마주칠 일이 없었겠죠?"

"겉만 보고는 알 수 없다는 옛말이 생각나는군."

제시카가 질리언을 향해 묘한 미소를 지었다. 질리언이 두 손을 저었다.

"조나단에 관한 건 그만 이야기하자고. 피차 배만 아프잖아."

"다름이 아니라."

"그 구절이 지금 상황에 들어맞는다는 거지?"

"네."

"제시카."

"네?"

"세상에는 다양한 투자 기법이 있고, 조나단은 자신에게 제일 잘 맞는 투자 기법을 찾아낸 거다. 조나단이 항상 풀이 죽어 있었다고 했었지? 사람들은 성공만 볼 뿐 실패를 보지 않아. 그가 자신에게 적합한 투자 기법을 찾기까지 얼마나 많은 실패와 절망을 달고 살았는지, 너는 직접 봤잖아."

"호호. 보스는 실패를 겪어 본 적이 없었다고 하셨잖아요."

"실패는 없었지만 해서는 안 될 실수를 하고 말았지."

머건 그룹에 입사하면 안 됐고, 뉴욕으로 가질 말았어야 했다. 그랬다면 이런 조그마한 섬에 틀어박힐 일도 없었을 것이다.

질리언은 입맛이 썼다.

"조나단을 신봉하는 게 아녜요. 그의 성공담이 꿈을 꾸게 만들어 주거든요. 네. 저만의 투자 기법을 찾도록 노력할게요. 그러니까 다음으로 넘어가도 될까요?"

질리언과 제시카는 투자 시안을 두고 밤을 지새웠다. 질리언은 단골 주점에 있을 때 같은 느낌이었다. 학창 시절로 돌아간 것 같다.

과제 하나를 두고, 열성적으로 논쟁을 벌였던 그 시절 말이다.

그래서 동이 텄을 무렵에도 피곤을 느낄 수가 없었다.

시간이 더 지났다.

정작 질리언은 제시카에게 타인의 결과물을 신봉하지 말라고 조언했지만.

오전 9시가 넘어가는 즈음에는 그도 완전히 두 손을 들고 말았다.

마치 오탈자를 찾는 편집자의 마음가짐으로 투자 시안의 흠을 찾아내려고 노력했다.

그런데 그런 건 전무했다.

수만 개의 작고 큰 톱니바퀴가 얽혀서 하나의 시계를 완성하듯이, 숫자와 정책 그리고 인물 등 모든 데이터들이 모여서 하나로 귀결되고 있었다.

모라토리엄(Moratorium)!

파산으로 비유된다.

"……러시아는 파산하고 말겠군. 이 투자 시안을 만든 팀을 만나 보고 싶어졌어."

질리언의 목소리에서 진한 진심이 묻어 나왔다.

"보스 같은 사람들이 우글대고 있겠죠?"

질리언은 속으로 '네 녀석 같은 것들이 우글거리겠지.'라며 피식 웃었다.

질리언은 제시카를 돌려보냈다.

그런 후에 본격적인 작업에 앞서 그만의 의식을 시작했다.

머리부터 발끝까지 수십 분 동안 씻고 또 씻었다.

그는 한동안 사무실에서 나오지 않을 생각이었다. 모든 숙식을 사무실에서 해결할 것이다.

투자 시안은 완벽하고.

이제 시안을 토대로, 최대의 수익률을 끌어낼 방법을 궁리해야 한다.

그러라고 큰돈을 받고 여기에 왔으니까.

질리언은 속옷들을 잔뜩 챙겨 숙소를 나섰다. 핸드폰도 놓고 나왔다.

던전에 들어가는 헌터들처럼.

*　　　*　　　*

"던전?"

우연희의 두 눈이 휘둥그레졌다. 고작 하루 만에 던전에 가게 될 것이라고는 꿈에도 생각해 본 적이 없었을 것이다.

나는 조수석 시트를 최대한 눕히며 대꾸했다.

"김제로 가. 전라북도 김제."

우연희는 화성의 정신 병동이 아니라 왜 전라도까지 내려가야 하는지를 생각하는 것 같았다.

"조수석 함을 열어 보면 지도가 있을 거야."

그것까지 찾아 주고 눈을 감았을 때, 시동이 걸리는 소리가 났다.

우연희가 휴게소에서 날 깨웠다. 그녀는 간식거리와 물 정도만 사는 나를 의아하게 바라보았다. 그러다 그녀의 발걸음이 멈춘 곳은 트럭 좌판 앞이었다.

졸음운전 때문에 트로트 테이프를 사려는 것은 아니었다.

그녀는 공장에서 뽑아 낸 싸구려 식칼을 응시하고 있었다.

무슨 생각을 하고 있는지 보였다.

그러나 뒤통수를 한 대 쳐 주기에는 그녀의 두개골이 너무나 작았다.

"하. 저런 걸 쓰면 네 손부터 아작 날 거다."

내 그 말에 좌판 주인이 우리에게 말을 붙이려다가 눈만 깜박거렸다.

경차에 돌아와서 말했다.

"말했지. 몬스터에게 칼을 휘둘러야 할 일은 없을 거라고."

"혼자 남겨지거나 버려질 수도 있잖아."

"어떻게 죽는 게 가장 쉬운 거 같냐."

"응?"

"많이 생각해 왔었다면서."

"수면제."

"먹어 봤어?"

"보다시피 아니야. 너를 만났잖아."

나는 고개를 설레설레 흔들며 가방에서 조그마한 철제함을 꺼냈다.

"부적이다 생각하고 가지고 다녀."

우연희가 철제함을 열었다. 그녀는 그 안에 든 주사기를 꺼내거나, 그게 무엇인지를 묻지 않은 채 묵묵히 바라보기만 했다.

그 주사기가 언제 쓰는 물건인지는 따로 설명이 필요해 보이지 않았다.

우연희는 다시 시동을 걸고 고속도로로 진입했다. 내가 눈을 감고 있기도 해서겠지만 우연희는 내게 말을 붙여 오지 않았다.

노래 소리 하나 없었다. 고속도로를 달리는 바람 소리만 기셌다.

"도착했어."

눈을 떴을 때는 김제 IC를 막 지나치고 있었다.

그 순간 우연희는 식칼을 바라보던 것보다 더 심해진 얼굴로, 핸들을 검 손잡이처럼 있는 힘껏 움켜쥔 모습이었다.

시가지를 지나쳤다.

모내기가 끝난 철이라 일정한 간격으로 꽂힌 모들이 끝없이 펼쳐져 있었다. 한동안 시골길을 계속 달리던 끝에, 목적지에 이르렀다.

"저기서 세우고 트렁크 열어."

야산 초입.

우연희도 나를 따라 차에서 내렸다.

던전에서 잃어버린 것과 똑같은 배낭과 침낭을 트렁크에서 꺼내고 있을 때.

우연희는 정말로 실감이 되었던 모양이다.

그녀의 쌕쌕거리며 바빠진 숨소리가 다 들리기 시작했다.

"돌아 봐."

배낭은 우연희만 멨다. 배낭 줄을 우연희의 몸에 맞게 조절해 주고 침낭까지 끼어 주자, 우연희의 얼굴은 보이지도 않았다.

배낭 밑으로 다리만 보일 뿐이었다.

그녀는 배낭 하나도 이기지 못할 근력의 소유자였다.

가만히 서 있질 못한다.

조금씩 움직여 대고 있었다.

"어지간한 것들은 다 배낭 안에 있다. 휴게소에서 봤던 싸구려보다 더 좋은 칼도 몇 개 들어 있으니까. 써야 할 때 쓰고."

그제야 우연희는 눈치챈 모양이었다.

지금까지 어떤 질문도 꾹 참고 있던 그녀가 놀란 목소리를 터트렸다.

"나는 힐러잖아! 나 혼자 들어가라는 건 아니지? 그렇지?"

"던전이 어디에 있는지는 아냐?"

"……."

"그러니까 가서 던전부터 찾아. 찾는 방법은 간단해. 가능한 많은 땅을 밟아. 그러면 시스템이 스스로 알려 올 테니까."

우연희의 양어깨를 붙잡았다. 이건 몇 번이나 강조해도 절대 부족함이 없었다.

"그리고 던전을 찾게 되면 절대 개방은 하지 말고 바로 내려와야 된다. 그러고 나서 연락해. 호기심에라도 개방해 버린다면 너만 죽는 게 아니야."

"……그러면 무슨 일이 일어나는 거야?"

"몬스터가 나오지. 세계 어느 나라의 군대도 어쩌지 못하는 것들이 튀어나와서, 사람들을 죽이고 다닌다."

물론 그런 일은 없다.

첫 진입자가 던전 안에서 죽어 버리면 던전은 다시 닫혀 버리니까.

장벽을 쌓아 두는 등의 사전 준비를 했던 이유는 외부인의 접근을 차단시키기 위해서이기도 하지만, 던전 안에서 도망쳐 나왔을 때를 가정했기 때문이었다.

눈을 부릅뜨면서까지 경고했다.

"명심해. 절대 개방하면 안 돼. 절대."

Chapter 3.

던전 입구를 찾기 전까지는 나를 다시 볼 생각을 말라고
했다.

과연 우연희가 찾을 수 있을까?

발 한 폭 정도에 불과한 던전 포인트를 찾는 건, 강인한
의지는 전제 조건이고 대단한 행운이 따라 줘야 할 일이다.

그리고 성공만 한다면 아마도 우연희는 차순위자가 될
거다.

내 뒤를 이어 두 번째로 던전을 발견한 자.

그것이 우연희를 홀로 올려 보낸 주 목적이긴 하지만, 쉽
게 포기하지 않는 것만으로도 괜찮다.

그녀는 어둠에 익숙해져야 할 필요가 있었다. 자신의 의지와 한계를 시험해 볼 무대로 이보다 적합한 건 따로 있지 않았다.

야산의 밤은 지독하게 어둡고 끔찍하게 무섭지 않은가.

*   *   *

ANC와 블루 록의 펀드 사업 부분 매각에 승인이 떨어진 날은 금융 위기 환란(患亂)에 대한 책임 문제가 본격적으로 가시화된 날이기도 했다.

청문회, 토론을 빙자한 청문회, 국회 주도의 재벌 기업 구조조정 회의를 빙자한 청문회. 또 이런저런 걸 빙자한 청문회 등등.

온갖 청문회들이 한 번에 열리던 날.

학교가 끝나자마자 테헤란로로 향할 수밖에 없었다.

아침에 아버지의 당부가 있었기 때문이었다.

한번은 아버지께서 지금의 회사로 이직하게 된 것을 두고, 당신의 이름과 같기에 남의 회사 같지 않다고 하신 적이 있었다.

그랬던 아버지께서 나를 당신의 회사로 부르셨다. 전일 인베스트먼트로.

그래서 나는 모자를 눌러쓰고 있었다.

여전히 바쁜 제이미와는 마주칠 일이 없으나 현 사무실의 빌딩을 시찰하러 왔었던 부서 사람들과는 마주칠 수 있는 가능성이 있었다.

어쨌든 내가 들여와 놓고도, 본사를 직접 방문한 건 이번이 처음이었다.

입구부터 마련된 화려한 로고 석상이 현 권력의 실세임을 뽐내고 있었다.

로비에는 손님이 몇 되지 않았다.

일반인들이 방문할 일이 없기 때문.

그 몇 안 되는 손님들의 분위기가 묘했다. 그들이 딱히 밝히지 않더라도 청와대나 정재계의 주요 관계자라는 것만큼은 확신할 수 있었다.

그래서 로비의 전반적인 분위기는 종교 시설처럼 엄숙할 수밖에 없었다.

"어떻게 찾아오셨나요?"

로비 안내원이 물었다.

그녀의 눈에는 내가 평범한 대학생 정도로밖에 보이지 않을 것이다.

"아버지를 찾아왔습니다. 아버지 성함은 나 전자 일자입니다."

"나 차장님 아드님이시군요. VIP룸에서 기다리고 계시겠어요? 저쪽이에요."

이렇게 큰 아들이 있었나? 하는 의문 섞인 미소가 있긴 했다.

아버지를 기다리며 로비 쪽의 광경을 바라보고 있었다.

엘리베이터에서 한 무리의 사람들이 내렸다.

무리의 중심이 되는 사람이 누구인지는 단번에 보였다.

청와대 현(現) 경제 수석이 합류해 있긴 했으나, 전일 배지를 단 중년인을 위주로 무리의 걸음걸이가 맞춰져 있었다.

나는 그가 전일의 두 한국인 이사 중 한 명이란 걸 직감했다.

법무 쪽일까, 회계 쪽일까.

저자가 누구든 두 한국인 이사는 코리안 스타일에 최적화된 인물로 전일이 권력의 중추에 서는 데 크게 기여했다.

호기심 어린 시선으로 바라보고 있을 때.

아버지께서도 도착하셨다.

"마침 잘됐구나. 저분들이 누구신지 아니?"

대답을 바라신 건 아니었는지 아버지는 바로 말을 이으셨다.

"아버지 다니는 회사의 이사님과 청와대 경제 수석님 그리고 그 보좌진들이란다. 경제 수석이라는 직위는 들어 본 적 있어?"

"예. 아버지."

"멀리서나마 직접 뵈니 어떤 생각이 들어?"

"우리와 같은 사람이구나, 합니다. 뉴스에서 볼 때에는 현실감이 없잖아요."

아버지께서 원했던 대답이 뭔지는 모르겠으나, 아버지께서는 흡족한 미소를 지었다.

"운동에만 관심 있는 녀석이 뉴스를 보긴 보는구나? 점심은? 먹었겠구나."

"예."

"여기서 잠시 기다려 봐라."

아버지께서 로비 밖의 전면 창을 바라보며 말씀하셨다.

거기에는 경제 수석의 관용 차량이 준비되어 있었다. 아버지께서는 빠른 걸음으로 나가셨다.

전면 창 너머로 아버지께서 경제 수석에게 허리를 숙이는 모습이 보였다.

아버지보다 연배 높은 경제 수석은 아버지의 어깨를 두드리고는, 한국인 이사와도 악수를 나눈 뒤 관용 차량 안으로 사라졌다.

그가 떠나고 나자 아버지는 한국인 이사와 함께 이쪽으

로 향하기 시작했다.

이사와 나란히 향해 오는 모습에서 아버지께서 신뢰받고 있다는 느낌을 강하게 받았다.

그래서 자리를 피하려던 걸 그만두었다.

어차피 한국인 이사와는 사석이든 공석이든 따로 만날 일이 없기도 했다.

쓰고 있던 모자를 벗고 군인처럼 섰다.

그리고 아버지와 그가 들어오길 기다렸다가 허리를 숙였다.

"안녕하십니까."

고개를 드는 순간, 아버지의 얼굴을 빠르게 스치고 간 미소가 보였다.

"아주 잘생긴 아들이네. 이거 부럽구만. 어디 대학교 다니시나?"

한국인 이사가 물었다.

"이래 봬도 아직 중학생 녀석입니다."

아버지께서 대답하셨다.

이사의 반응은 정석이었다. 당연히 놀란 눈으로 나를 쳐다보고는 할 말을 잃었다.

"허허! 나 차장은 세상 부러울 게 없겠어. 이렇게 건강하고 믿음직스럽고 예의까지 바르니. 어디 빠진 구석이 있나.

그래. 중학교 다닌다고?"

"신웅 중학교에 다니고 있습니다."

"이거 동문 후배님이셨구만. 허허허!"

아버지께서도 그 사실을 모르셨는지 눈을 동그랗게 뜨셨다.

그때 이사가 지갑에서 만 원권 열 장을 꺼내 내게 내밀었다.

"아버지처럼 훌륭한 사람 되라고 주는 거야."

돈은 오히려 내가 주고 싶었다.

지금처럼만 해 나가라고.

＊　　　＊　　　＊

아버지께서는 기분이 무척 좋아 보이셨다. 약주를 많이 잡수시고 들어오실 때나 보였던 미소가 지금 자리하고 있다.

"무슨 일인가 했지? 갑자기 아버지 회사로 다 오라고 하고."

우리는 대로를 걷는 중이다.

"할 이야기도 있고 할 것도 있고. 또 발령 나기 전에 아들에게도 보여 주고 싶기도 했어. 아버지 다니는 회사를 말이야."

"발령 나셨어요?"

정말로 깜짝 놀랐다.

"잘린 거 아니다. 인마. 두 단계 승진해서 가는 거지. 네 엄마한테도 아직 말하지 않았다. 오늘 가서 놀래켜 줄 생각이다."

"어디로요?"

"그렇지 않아도 거기로 가고 있는 거다."

그때 제일 먼저 생각났던 것은 대후 그룹이었다.

정부가 강권하였던 유예 기간이 끝난 게 4월 말.

5월이 시작되자마자.

대규모 정리 해고와 계열사 통폐합이 본격적으로 진행되고 있었다.

아버지는 은행원 출신이시다.

대후 그룹으로 발령 나셨다면 추후에 내일금융 그룹에 편입될 지금의 대후증권 쪽일 확률이 높았다.

"여행은 어땠어? 바빠서 네 엄마한테 간략하게 들은 게 전부다."

"힘든 결정이셨을 텐데, 보내 주셔서 감사합니다."

"녀석 말하는 거 하고는. 보기는 좋다. 나는 네가 다 컸다고 봐. 내가 너만 할 때는 쌈박질만 하는 그냥 철부지였어. 그래서 어디 어디 다녔어?"

"화성도 가고 김제도 가고 많이 돌아다녔습니다."

"돈은 부족하지 않았어? 카드도 쓰지 않았던데."

"예."

"네 엄마는 그렇게 걱정했지만 나는 아니었다. 너도 우리나라 돌아가는 꼴을 알 나이…… 가 아니지만 이해할 수는 있잖니. 뉴스도 챙겨 본다니 알 거다. 나라가 많이 어려워. IMF가 왜 발생했는지 알아?"

"……"

"우리나라 기업들이 무분별하게 외국 돈을 빌렸어. 그 돈들을 빌렸을 때만 해도 수출이 잘되고 있었으니까, 더 많이 빌려서 사업을 키우려고 했던 거였지. 하지만 수출이 갑자기 안 되는 거야. 왜 갑자기 수출이 안 됐는지는 네가 스스로 공부해 보고."

그제야 나는 오늘이 '그날'이란 걸 깨달았다.

2년은 족히 앞당겨진 것이다.

과거로 돌아온 이후 오늘이 오기만을 고대하고 있었다.

두근!

내 소중한 부적을 되찾을 수 있을 거라는 기대감에 심장이 뛰기 시작했다.

과거의 그날, 아버지께서는 슈퍼마켓 평상에서 나를 기다리고 계셨었다.

고등학교에 입학한 지 얼마 되지 않은 어느 평일.

그러나 은행과 증권사들의 영업 종료 시간까지 얼마 남지 않아서, 나는 영문도 모른 채 아버지와 함께 열심히 뛰어다녔다.

은행에선 증권 연동 계좌를 열었고 증권사에선 증권 계좌를 새로 열었다.

부랴부랴 다 끝마치고 났을 때에는 내 증권 계좌 안에 백만 원이나 되는 거금이 들어가 있었다.

"아빠가 다니는 회사가 외국 회사란 건 알고 있지?"

그때 들려오는 아버지의 목소리에 과거의 기억 속에서 벗어 나왔다.

"예."

"네 엄마는 뭐라시니?"

"제일 잘나가는 회사라고만 말씀하셨죠."

"틀린 말은 아니다만 그래서 더욱이 슬픈 말이다. 너는 아직 내 말을 이해할 수 없을 거야. 이해할 수 있게 되었을 때, '그날 하셨던 말씀 이젠 이해됐어요' 하고 자랑해. 그럼 우리 아들하고 술 한잔할 수 있겠다."

그때 아버지께서 전방을 턱짓해 가리키셨다. 외환은행

본사 빌딩을 향해서였다.

"내일부터 저기로 출근한다. 좋아 보이냐?"

아버지를 따라 건물을 쳐다보았다.

외환은행이 전일 인베스트먼트에 매각되었다는 사실에 대해서는 들은 게 없었다.

본래대로라면 올 3월경에 독일계 자금이 외환은행의 최대 주주 자격으로 들어가면서부터 말이 많아진다.

그러다 차차 대현그룹의 부실 채권 문제와 카드 대란이 일면서.

03년에 바야흐로 론문 사건이 터지게 되는 것 아닌가.

"외환은행이 아버지 회사 것이에요? 저는 금시초문인데 요."

"녀석. 아버지 회사에 관심이 많았구나. 내 아들이지만 도통 속을 모를 녀석이라니까."

제이미에게 보고를 받았던 당시만 해도 외환은행 이야기 는 없었다. 제이미는 창고가 비었다고 우는 소리만 했었다.

그래서 남은 자금을 신중하게 쓸 거라는 각오를 보였는 데……

그 결과가 외환은행인 것 같다.

"내가 강력하게 밀었어. 잘한 짓인지는 모르겠다만."

아버지께서는 자조 섞인 어조로 말씀하시고, 아무 일도

없었던 것처럼 다시 앞장서셨다.

외환은행 본사 직원들은 이미 아버지와 일면식이 있었다.

아버지께서 많은 사람들과 인사를 나누고 돌아오신 다음.

그날과 똑같이 시작하셨다.

"나라가 망하면 고달파지는 건, 정작 나라를 망친 윗사람들이 아니야. 우리 평범한 국민들이지."

말씀은 같지만.

슈퍼마켓 상호명이 찍힌 조끼 대신 정장 차림이셨고, 그날처럼 슬픈 얼굴을 감추려고 노력하시던 모습도 없으셨다.

오히려 아버지의 두 눈은 그윽이 깊으셨다.

"나는 말이다. 우리나라가 왜 이 지경에 이르렀는지, 아들이 알고 있으면 좋겠다. 그렇게 경제에 관심을 많이 가져 줬으면 좋겠어."

  "나는 말이다. 아버지가 왜 해고를 당해야만 했는
  지, 아들이 알고 있으면 좋겠다. 그렇게 경제에 관심
  을 많이 가져 줬으면 좋겠어."

과거와 현재가 교차하고 있었다.

＊　　　＊　　　＊

"그 돈으로 어떤 주식을 살지 고민해 보고, 결정되면 말해 줘. 그걸 두고 많은 이야기를 나눠 보자."

아버지께서 내 주식 통장으로 일백만 원을 넣어 주시며 말씀하셨다.

"많이 공부해 보겠습니다. 아버지."

그것이 아마도 아버지께서 듣고 싶었던 대답이었을 것이다.

"너, 지금 우는 거냐?"

＊　　　＊　　　＊

누구는 현재 되풀이되고 있는 사건을 두고.

세계는 물론 국내의 흐름에도 영향을 끼치지 않는, 한국 가정의 소소한 가정사라고 치부할 것이다.

하지만 여기에서 모든 게 시작되었다.

IMF가 끝난 뒤가 아닌 한창인 지금으로 앞당겨진 것은 의외이긴 하지만.

어쨌든 과거에는 백만 원이라는 거금 앞에서 얼어붙었던 걸로 기억한다.

그날 만화로 된 주식 서적을 샀을 것이다.

입문작. 제목도 기억한다.

그리고 나서 골랐던 주식은 뻔했었다.

미국발 닷컴 붐이 우리나라까지 불어왔고, 우리나라의 코스닥 시장은 연일 붉은 등의 연속이었다.

당연하게도 내 주식 계좌 가치는 빠르게 불어났었다.

백십만 원, 백이십만 원, 백삼십만 원.

00년 3월.

점심시간만 되면 다른 반 성호를 찾아가 어른인 척 굴면서 자랑을 쏟아 내던 날들이었다.

하지만 그 시절은 정체불명의 회사라도 닷컴(.com)을 붙이고만 나오면 신시대를 이끌고 나갈 주역이 될 수 있는 시기였다.

IMF 동안 찌들었던 패배주의가 미국발 훈풍에 폭발했다.

원숭이도 수익을 낼 수 있는 광란의 도가니였다는 것을, 그때는 몰랐다.

며칠간 환상 속에 살았었다.

이렇게 돈을 버는 게 쉽다니, 라는 것도 있었고 내게 그만한 엄청난 재능이 있다는 걸로 착각했다.

지금 돌이켜 보면 한없이 우습기만 하다.

아버지께 추가 투자금을 요구하기까지 했었다.

어느새 나는 멋지게 성공한 고교 트레이더가 되어 있었다.

만화로 배운 주식 용어들과, 아버지를 설득하기 위해 밤새 뒤적였던 웹 사이트의 내용물들을 총동원했었다.

"그러냐. 하지만 이번엔 그냥 주는 게 아니다. 빌려주는 거야."

아버지께서 버블을 예측하셨던 건 아니었을 것이다.

자식이 보여 주는 의외의 선전에 즐거워하시되, 초심자의 행운이 계속 이어지지만은 않을 거라는 것까지가 아버지의 의중이었을 거라고 생각한다.

그로부터 얼마 지나지 않아 하락세로 전환됐다. 그리고 결국 00년 4월.

천장이 무너졌다.

미국의 닷컴 버블이 터져 버린 즉시.

우리나라 코스닥 시장도 동반 침몰하기 시작한 것이다.

학원이 끝나면 집에 와서 하는 일이 뻔해졌다. 숙제도 하

지 않고, 장 마감된 hts 화면만을 바라보며 전전긍긍하던
밤들.

　이윽고 계좌가 반 토막에 또 반 토막으로 치달은 날에.
　아버지께서 조용히 내 방에 들어오셨다.

　　"저번에 빌려준 돈 말이다. 적어도 다음 주까지는
　　갚아야 할 것 같다. 아들."

　아버지의 소중한 이백만 원을 날려 먹은 불효자는 어땠
을 것 같은가.
　그 말을 듣자마자 울음을 터트리고 말았었다.
　아버지의 죽음을 통보받은 날만큼이나 울었을 것이다.
　아버지께서는 끅끅대는 나를 두고 냉정하게 말씀하셨다.

　　"그럼 네 엄마에게 빌려 봐라. 아버지가 그 돈이
　　지금 너무 필요하거든."
　　"어떻게 그래요."
　　"용돈 받으면 나한테 주고, 네 CD 플레이어와 핸
　　드폰 그리고 컴퓨터도 가져가야겠다. 그래도 네게
　　빌려준 돈에 비하면 터무니없이 부족한 걸 알지?"
　　"……."

"그러니까 결국엔 네 엄마에게도 말해야 할 거다. 다 컸다고 지금처럼 네 엄마한테 대들지 말고, 고분고분하게 굴다 보면, 네 엄마가 돈도 빌려주고 용서해 줄 수도 있지 않을까."

그 날이 IMF의 축소판이란 걸, 그날 당장은 아니었더라도 서서히 배워 나갈 수 있었다.

진로도 결정되었다.

목표가 뚜렷해졌다.

절실히 가고 싶은 대학과 학과가 생겼다.

노력했다.

명문이라고 불리는 대학에 입학할 수 있었다.

빠르게 군대를 다녀와서는 영국으로 유학 준비를 시작했다.

유학이 끝난 다음에는 월가에 입성했다. 강사였던 질리언이 인상 깊었던 바, 더 시티로 향하지 않고 월가로 갔던 것이다.

작은 승리와 패배들에 청춘을 다 바치며 학창 시절 동창들이 하나둘 가정을 꾸려 나갈 30대 중반 즈음.

나는 회사에 막대한 손실을 안기고 한국으로 추방 아닌 추방을 당했다.

그리고 얼마 뒤 게이트가 열렸다.

시작의 장으로 던져졌다.

비록 월가에선 참담하게 패배했지만 시작의 장에서는 아니었다.

패배의 경험을 토대로 살아남았다.

그렇게 오늘까지도 생존해서 회귀할 수 있었던 까닭은 전부…….

맞다.

이 통장을 받으면서 시작됐었다.

그러니까 이 통장이 나비 효과의 시작이다.

「1,000,000 원」

공 여섯 개가 찍혀 있는 주식 통장.

다른 녀석들이 애인이나 자식 사진을 부적처럼 품고 다닐 때, 내게는 이 부적이 있었다.

죽고 싶을 만큼 힘들었을 때마다 원동력이 되어 주었다.

회귀하기 직전에 이르러서는 겉장만 남은 모습이었다. 그마저 온갖 피들로 얼룩져 버렸었다.

그러나 지금.

빳빳한 새 모습으로 자그마치 통장 비닐 봉투 안에 들어 있다.

나의 소중한 부적이 드디어 돌아온 것이다.

"감사합니다. 아버지."

*   *   *

아버지의 통장을 가지고 사무실에 도착했을 무렵, 핸드폰이 울렸다.

다 죽어 가는 목소리였다.

목소리가 작았을 뿐더러 발음도 뭉개져 있었다. 하지만 내가 알아들을 수 있게 우연희가 한 마디를 제대로 짜냈다.

〈 찾…… 았…… 어……. 〉

우연희가 던전을 찾았다?

내게만 의미 있는 날이 아니란 말인가.

정녕 우연희의 말이 사실이라면 그녀에게도 오늘이 역사적인 날이 될 것이다!

오늘은 우연희를 산으로 올려 보낸 지 일주일이 흐른 날이었다.

어제까지만 해도 그녀가 중도 포기했다고 생각했었다.

그래서 그녀의 자취방과 본가를 뒤졌었다. 그러나 거기에는 그녀가 들어왔었다는 흔적이 없었다.

다시 일말의 기대를 걸어 보기로 했는데, 마침 핸드폰이 울린 것이다.

우연희에게 요구했던 바는 준비해 준 식량들로 허기를 채우고, 낮에는 최대한 많이 걸으며, 밤에는 어김없이 찾아오는 어둠에 저항하는 것이었다.

그러며 던전 입구를 찾아내면 금상첨화인 것이지 북파 공작원들의 생존 훈련 같은 걸 기대했던 건 분명히 아니었다.

〈 거기서 꼼짝 말고 기다려. 〉

그 즉시 우연희의 경차를 몰고 김제로 향했다.

우연희는 우리가 헤어졌던 자리에서 주저앉아 있었다.

손을 들어 헤드라이트 불빛을 가릴 힘도 남질 않아서, 눈부신 불빛을 고스란히 받고 있다고 생각했다.

하지만 그녀의 입가로 옅은 미소를 발견했다.

그녀는 불빛을 진심으로 만끽하고 있었던 것이다.

우연희는 여유분으로 넣어 줬던 트레이닝복으로 갈아입은 상태였는데, 그 옷마저 성한 곳이 한 군데도 없었다.

다 찢겨지거나 뜯어져 나가서 속옷까지 드러나 있었다. 그리고 굳은 지 오래되어 보이는 핏물들로 얼룩져 있었다.

머리는 당연한 산발이었다.

그런 몰골로 히죽거리며 웃다니.

마을 사람들이 봤다면 병원으로 데려다주겠다만, 외과 병원이 아닌 정신 병원일 것이다.

물론 저런 미소를 언제 짓는지 알고 있었다.

나도 지어 봤고 동료들도 지어 봤다.

단순히 생존에 성공했을 때 나오는 미소가 아니라, 그보다 조금 더 나아갔을 때 나오는 미소였다.

그녀를 부축해 차 안으로 옮겼다.

"미…… 안. 배낭을…… 잃어…… 버렸…… 어……."

그딴 것은 잃어버려도 된다.

"하…… 지만 이건……."

우연희가 주머니에서 꺼내 보인 건 주사기가 든 철제 통이었다.

"메시지는? '던전을 발견하였습니다.'라고 분명히 떴어?"

"떴…… 어."

"잘했다. 우연희. 이제 자도 된다. 나머진 서울에……."

그 순간.

갑자기 떠오른 메시지에 말이 끊겼다. 눈살을 찌푸리며 메시지를 쳐다보았다.

[우연희가 파티에 초대 하였습니다.]
[수락하시겠습니까?]

"이게 뭔……."

우연희를 향해 얼굴를 돌렸다.

그런데 그녀의 고개는 옆으로 꺾여 온 중심이 창 쪽으로 쏠려 있었다. 파티 메시지를 띄워 놓고선 그 찰나에 정신을 잃어버린 거다.

물론 깊은 잠에 빠져 버린 우연희가 대답할 일은 없었다.

*   *   *

이튿날인 주말.

우연희는 어제 눕혀 줬던 자리에서 아직도 잠들어 있었다.

얼굴은 어제보다 많이 나아졌다.

숨소리도 제법 쌕쌕거리며 순해진 것이 괜찮아 보였다.

눈은 눈꺼풀 밑에서 떨리고 있었다.

깊은 꿈속을 헤매고 있는 것 같다.

우연희가 잠든 운동실에도 컴퓨터가 한 대 있긴 하지만, 나는 컴퓨터실로 들어갔다.

스스로 깨어날 때까지 우연희를 건드리지 않을 생각이었다.

맨 섬과 뉴욕의 회사 그리고 사설탐정 업체.

그렇게 세 곳에서 메일이 들어와 있었다.

맨 섬.

「 제목: 투자 시안 확인하였습니다.

미 재무부 부장관의 문전박대 건은 시안을 받은 다음날 바로 확인이 가능했습니다.

투자 시안의 행동학적인 관점에 따른 계산이 착실히 진행되고 있음에 깊은 감명을 받았습니다.

또한 러시아가 GDP의 10%에 달하는 국제수지 흑자를 기록하고 있으나 외환 보유고가 줄어들고 있다는 조언에 대하여, 첨부해 주신 데이터들 역시 큰 도움이 되었습니다. 러시아의 많은 자본들이 스위스 은행들로 유출되고 있을 겁니다.

이에 러시아의 모라토리엄 선언을 '7월 말에서 8월

초'로 보고 있습니다.

이를 기초로 하여 지금으로부터 7월 초순 한 달 단기로 러시아 국채 스왑 거래에 공격적인 자금을 투입하고 있습니다.

그러며.

1. 러시아의 루블화 평가 절하 조치 단행.

2. 북미 및 유럽 주요국의 주가 동반 하락.

3. 아시아의 주요 통화 가치 하락.

4. 원유 가치 하락.

포트폴리오를 병행하고 있습니다.

위 포트폴리오를 진행 시 러시아의 모라토리엄 선언은 예상보다 앞당겨질 수 있습니다.

그런데 헤지 펀드 롱타임캐피털 매니지먼트(LTCM)가 러시아의 국채를 대량으로 보유 중입니다.

위 헤지 펀드가 전 세계의 은행들과 거래하는 파생상품 규모는 1조 달러 이상으로, 러시아의 모라토리엄 선언은 LTCM발 세계 경제 위기로 이어질 수 있는 가능성이 높습니다.

이에 추가 시안을 요청하며, 가능하다면 투자 시안의 참여자들과 함께 자유로운 의견을 나누고 싶습니다. 회신 부탁드립니다.」

타닥 타닥.

회신 후 다음 메일, 뉴욕.

「 제목: 잡쫄 여럿보단 대장 하나가 낫겠지?

제프리 케이가 작년에 골드오브아메리카(GOA)에서 독립한 투자 회사 하나를 물어 왔어. 오나이더 어소시에이츠라고 세 개의 펀드를 운영 중이야.

너라면 알 것 같아서, 많은 설명이 필요 없겠지.

아이비리그 졸업생들과 월가 그리고 영국 시티에서 긁어 온 엘리트 매니저 300명과 이하 직원 1000명으로 꽉 찬 알짜배기 인수가 될 테고.

인수에 성공하면 오나이더의 고객 예치금 500억 달러를 합쳐, 1000억 달러 규모의 고객 자산을 운용해야 돼.

거기다 예상 인수 자금 25억 달러를 뺀, 우리 순 재산 180억 달러도 추가 계산에 넣어야겠지.

썬. 총 운용 자산이 1180억 달러야.

최소 오나이더 어소시에이츠 급은 되어야 운용할 수 있다는 거다.

당국에서도 뉴욕 회사의 운용 구조를 의심의 눈초리

로 바라보고 있어. 그들이 꼬투리 잡고 말 바꾸기 전에
투자 회사 인수 건을 서둘러야 할 것 같아.

제프리 케이의 보고서를 첨부했으니까, 보고 가능한
빨리 연락 줘.

확정되면 영업 부서 쪽을 강화해서 신규 고객들을
받을게.

지금도 전화가 들어온다.

가진 건 돈밖에 없는 어떤 억만장자가 자기 돈 좀 제
발 굴려 달라는 것이겠지.

첨부 자료: 오나이더 어소시에이츠.ppt 」

타닥타닥.

회신 후 다음 메일, 사설탐정 업체.

「 제목: 제목 없음

내용 없음

첨부 자료: 사진 파일 50개. 」

다음 메일도 사설탐정 업체에서 온 메일이지만 위의 메
일과 같은 업체가 아니다.

뉴욕에서 한국으로 돌아오던 마지막 일정이 김청수에 대

한 조사 의뢰였다.

영문 이름으로는 브라이언.

「제목: 의뢰 완료.

내용 없음.

첨부 자료: 브라이언 김.ppt」

즉각 기쁜 마음으로 첨부 자료에 들어 있던 김청수의 이메일로 메일 한 통을 보냈다.

그때 문득.

인기척이 났다.

키보드 소리가 바깥까지 들리지는 않았을 텐데, 벌써 깨버린 모양이다.

우연희가 여전히 퀭한 얼굴을 문안으로 불쑥 내밀었다.

"마스터 박스가 떴었어. 기다리고 있을 것 같아서······아!"

            *   *   *

마스터 박스!

첼린저 박스 바로 아래다.

역시 차순위자에게도 넉넉하게 구는 시스템다웠다.

"아⋯⋯."

반면에 우연희는 실내에 이 열로 배치된 열 대의 컴퓨터 들을 보고선 또 할 말을 잃어버린 것 같았다.

"테이블에 올려져 있는 옷 못 봤어?"

"종이봉투? 내 거였어?"

"샤워부터 하고 와."

우연희가 샤워하는 동안, 사설 업체에서 보내 온 사진들을 확인했다.

이번에도 꽝이었다.

우연희에게 물었던 적이 있었다. 그녀는 차순위 각성 보상자가 아니었다.

즉, 팔악팔선 녀석들 중 한 녀석에게 차순위 각성 보상이 들어갔을 확률이 높았다.

그중에서도 가장 가능성 높은 것은 다름 아닌 일악(一惡) 혹은 일선(一善).

그래도 우연희가 차순위 던전 발견자 지위를 획득한 걸 보면 팔악팔선 놈들은 물론이고 어느 사전 각성자도 던전을 발견하는 불행을 겪지 못했다.

아직까지는.

잠시 후.

우연희가 머리 젖은 꼴로 나타났다. 이번에 얻은 부상 때문에 그렇지 그녀의 피부는 사전 각성자답게 일품이다.

잡티 하나 없이 청초하기 그지없다.

그녀의 자취방에도 화장품은 최소로만 준비되어 있었다.

본인의 피부가 타고났다고 생각해 왔겠지만.

애초부터 주름에 바르는 화장품 따위는 필요 없는 게 우리 각성자들이지 않은가.

"이리로 와서 앉아."

내가 지시했다.

야산에서 무슨 일들이 있었냐고는 따로 묻지 않았다.

그녀가 일주일간 헤매다 던전 입구를 찾아냈다면, 그동안 그녀가 겪었을 일이야 뻔했다.

밟으면 그대로 찌그러질 것 같이 작은 몸을 하고서는 의외의 강단이 잠재되어 있었던 애송이였다.

펜과 종이를 내밀었다. 우연희는 일전에 아버지의 신상 정보를 썼던 걸 먼저 떠올렸던지, '누구?'라고 되물었다.

"상태 창을 띄우고 보이는 대로 써. 특성 정보와 스킬 목록까지."

"상태 창."

우연희가 펜을 들면서 중얼거렸다.

그렇게 받은 우연희의 정보는 다음과 같았다.

[이름: 우연희

정신: F (20)

누적 포인트 : 50

특성(1) 스킬(3)]

[감응 (특성)

효과: 불규칙적으로 대상의 감정이 전해집니다.

등급: F (0)]

[공포증 치료 (스킬)

효과: 자신을 제외한 대상의 공포증을 치료 합니다.

등급: F (0)

재사용 시간: 24시간]

[육체 치료 (스킬)

효과: 자신을 제외한 대상의 육체 부상을 치료 합니
다.

등급: F (0)

재사용 시간: 5분]

거기까지는 평이하다. 기다리고 있던 바는 지금 작성 중인 마지막 스킬 하나, 마스터 박스에서 나왔다는 물건이었다.

[마리의 손길 (스킬)
효과: 대상의 전투 불능 상태를 비약적으로 상쇄시킵니다.
등급: F(0)
재사용 시간: 24시간]

의심할 여지가 없었다.
확실히 이는 마스터 박스에서나 나올 법한 물건이다.
훗날 우연희가 쓸 코드명은 정해진 것이나 다름없었다.
마리.
그것이 그녀가 쓸 코드명이다.

＊　　　＊　　　＊

S, A급 헌터들 중에서 마리라는 코드명을 썼던 자가 있었다면 바로 기억해 냈을 것이다.

그랬다면 마리의 손길이라는 잠재력 A급의 스킬 효과.

'전투 불능 상태를 비약적으로 상쇄' 한다는 의미가 무엇인지 단번에 파악했을 것이다.

"시스템에선 단어의 정의가 중요하다. 우리가 흔히 알고 있는 그 상쇄라면, 이 스킬은 양날의 검이나 다름없어."

마저 덧붙였다.

"하지만 리더와 스킬 보유자의 갭이 클수록, 이만큼 좋은 스킬도 없을 것 같다고 생각한다. 무슨 말을 하고 있는지 알겠어?"

"우리의 팀워크에 대한 것이지?"

맞혔다.

"이건 대상의 부상을 자신에게 가져오는 스킬이라고 본다. 등급 보이지? 'F(0)' ."

우연희가 고개를 끄덕였다.

"처음에는 리스크가 커. 하지만 스킬 등급이 올라감에 따라 리스크도 줄어들지. 효과, 지속 시간, 재사용 시간 같은 것들. 이 경우도 그럴 거다. 오늘 훈련은 여기서부터 시작하는 게 좋겠군. 몸 상태는 어때?"

"걱정할 정도는 아니야."

우연희는 긴장한 기색이 역력해졌다.

이번에는 둘 다인 것 같았다. 내가 느끼기 시작한 긴장감에 더불어, 그녀 본인의 긴장감까지 더해지고 있을 것이다.

고통은 절대 익숙해지는 게 아니다. 수없이 겪어 왔어도 늘어나는 건 인내(忍耐)뿐이지 자극이 무뎌지는 법은 없었다.

전투 상태에서는 흥분으로 가득 차서 그나마 덜한데.

이렇듯 스킬을 시험할 때는 밀려오는 자극과 통증에 집중하고 말아진다.

운동실로 나가 서랍장을 열었다.

뒤따라온 우연희는 컴퓨터실에서 보였던 반응을 고스란히 반복하기 시작했다.

그녀의 두 눈에 주사기와 앰풀 그리고 플라스틱 약통들이 한가득 맺혔다.

"알겠지만 나는 힐러가 아니야. 내가 해 줄 수 있는 건 고통을 덜어 주는 것뿐이다."

그렇게 말하며 주사기를 앰풀에 꽂았다. 앰풀액이 빨려 들어왔다. 그것을 철제함에 갈무리하고서 일어났다.

그녀에게는 먹는 일약보다 피하에 직접 주사하는 방식이 필요해 보였다.

"뭘 하려는지는 알겠지?"

우연희에게 물었고 그녀는 동그래진 눈으로 고개를 끄덕였다.

전투 불능에 빠지는 건 어떤 식이 좋을까.

복싱장에서처럼 나를 끝없이 때려 보라고 할까? 오히려 그녀의 손뼈가 먼저 부러질 거다.

표적지로 걸어갔다.

거기에 꽂혀 있는 단검 하나를 빼내서 우연희에게 내밀었다.

"뭐해. 받지 않고. 칼 갖고 싶어 했잖아. 그거 생각보다 비싼 거다."

"……선후야?"

나는 우연희의 손에 단검을 쥐여 준 다음 적당한 장소를 찾았다.

뒤처리는 귀찮다. 피는 의외로 잘 지워지지 않는다. 세면실은 우연희가 샤워를 하고 나온 지 얼마 지나지 않아, 수증기가 여전히 뿌옇게 채워져 있었다.

우연희는 단검을 쥔 채로 떨면서 들어왔다.

지극히 당연한 반응.

그래서 그녀를 재촉하고 싶지 않았다.

"이렇게 진행될 거야. 그걸로 날 찌르고 내가 전투 불능에 빠지면. 그러니까 하라고 할 때 너는 마리의 손길을 시전한다. 상쇄? 전이(轉移)라고 표현해도 되겠지. 내 부상은 네게로 전이된다. 너는 끔찍하게 아파지겠지."

"……."

"이 층은 내가 다 쓰는 데다가 위층도, 아래층도 다 비워져 있어. IMF잖아. 비명을 참지 않아도 돼."

거기까지 말하고선, 주사기가 든 철제함을 바닥에 내려놓았다.

"스킬을 시전한 후에 그걸 허벅지에 꽂아. 효과는 장담하지."

제 심장이 얼마나 빠르게 뛰는지 확인하고 싶어서였을까.

우연희는 자신의 심장 부위에 손을 대고 있었다.

"그 전에 옷부터 벗자."

상의를 탈의했다.

그것을 수건걸이에 걸어 놓은 다음 우연희를 기다리기 시작했다.

우연희는 조금 망설이고 있었다.

한때 제자라고 생각했던 남자 앞에서 상의를 벗는 게 수치스러울 수도 있겠다만.

우연희가 망설이고 있는 진짜 이유는 제 손에 쥐어진 단검 때문인 것 같았다.

부들부들.

검 끝이 팔 전체와 함께 떨리고 있다.

이윽고 우연희가 상의를 벗었다.

속옷에 가려져 있는 작은 가슴을 양팔로 감싸며 내 시선을 피하는 건, 그래 그것도 당연한 일이다.

고작 일주일간 야산을 헤매고 다녔다고 해서 한국 여자 우연희가 헌터 마리로 단번에 변신하는 건 아니지 않은가.

우연희가 상의를 벗기 위해 내려놓았던 칼을 주워 들었다.

"칼로 찌르고, 칼에 찔리는 거다. 우연희. 준비됐어?"

"됐어."

우연희의 손을 잡았다.

그렇게 단검 손잡이를 움켜쥐게 된 우연희의 두 손.

나는 그것을 천천히 내 복부 쪽으로 잡아당겼다. 정확히 췌장에서 살짝 비껴 나간 부분이었다. 차가운 금속 일점(一點)이 피부에 닿았다.

"있는 힘껏 찔러."

우연희가 두 눈을 질끈 감았다. 그녀의 인상이 잔뜩 찌푸려졌다.

하지만 바로 들어오지는 않았다. 한참을 부들부들하던 끝에. 다시 외친 내 목소리가 신호탄이 되었다.

"찔러!"

화악—

화끈한 감각이 복부에서 번졌다.

이가 악물어졌다.

*   *   *

우연희의 얼굴이 바로 코앞에 있었다. 온갖 감정이 뒤섞인 형용할 수 없는 표정으로, 그녀의 두 눈에는 눈물까지 맺혀 있었다.

그런 우연희의 눈을 바라보며 말했다.

"잘했어. 적당히…… 큭…… 자리 잡고 있어."

빌어먹게 아프다.

손잡이만 남아 있는 단검을 한 손으로 움켜쥐었다.

그때 우연희는 욕조에 기댄 채로 주저앉아 있었다.

어머니께서 아버지의 가슴에서 인장을 발견했을 때만큼이나, 우연희의 두 눈이 눈물로 가득 차 있더니. 그렇지 않아도 한 줄기 눈물이 주르륵 흘러내렸다.

그 시점에서 단검을 뽑아 버렸다. 내 몸은 저절로 떨리기 시작했다.

우연희가 눈물을 흘리고 있는 것처럼 그것은 내가 어찌할 수 없는 당연한 일이었다.

나도 바닥에 주저앉았다.

찔린 부위에서 피가 샘솟아 나오고 있었다.

우연희에게는 타일을 따라 구불구불 흘러가는 핏물들이 살아 있는 생물처럼 보였는지, 제게도 흘러온 그것을 망연자실해 바라보고 있었다.

그러다 다급한 시선으로 나를 쳐다보았다. 우연희의 목소리가 커졌다.

"아직이야?"

"기다려……."

애초부터 눈알을 도려낼 것이 아니었다면 피가 더 쏟아지길 기다려야 했다.

예기된 한기가 찾아왔다. 몸이 더 심하게 떨리는 시점에서 눈앞이 가물가물해지고 있었다. 기다려 왔던 메시지도 그 순간만큼은 뿌옇게 보였다. 화장실에 가득 차 있었던 수증기 때문이 아니었다. 그딴 것들은…….

[역경자가 발동 하였습니다.]

그 순간이었다.

흐리멍덩하게 보이던 메시지들이 갑자기 뚜렷해지며 온몸의 떨림도 잦아들었다.

나는 목소리를 터트렸다.

"지금."

우연희는 내 지시를 기다리고만 있었다. 말이 끝나기 무섭게 새로운 메시지와 함께 우연희의 비명 소리가 귀곡성처럼 울렸다.

"아아악! 아아아—"

[우연희가 마리의 손길을 시전 하였습니다.]

역경자 특성으로 근력과 민첩이 한 등급 올라간 상태라 약간의 근육 움직임만으로도 몸이 튀어오르는 것 같이 느껴졌다.

몹시 가뿐하다.

일전에 역경자 특성을 터트렸을 때보다 훨씬!

그때는 소폭의 부상 회복과 고통을 일시적으로 잊을 수 있을 뿐이었지, 부상 부위에서 오는 반사 반응에 완전한 컨디션을 찾은 게 아니었다.

한편 우연희의 비명 소리가 계속되고 있었다. 그녀는 비명 중간에 숨이 꺽꺽 넘어가는 소리를 내뱉으며 바닥에 쓰러져 있는 상태였다.

우연희가 배를 깔고 있는 바닥에서 새로운 핏물이 시작됐다.

그것들이 흥건히 잔존해 있던 내 핏물을 하수구로 밀어
내고 있었다.

우연희를 내려다보며 말했다.

"우리는 그 정도로 안 죽어. 미칠 듯이 아픈 것뿐이다."

우연희의 새파래진 얼굴이 천천히 들려졌다.

호소하는 눈빛이 간절했다.

거기에 대고 나는 한마디만 뇌까렸다.

"주사기를 꽂아. 우연희."

Chapter 4.

정신 잃은 우연희를 바라보고 있으면 정말로 옛 생각이
난다.

안타깝게 사그라져 버린 애송이 녀석들. 절대 잊을 수 없
을 거라고 탄식했던 얼굴들인데, 숫자들처럼 선명하지가
않다.

시간이 많이 흘렀다. 나를 부르던 소리만 아련하다.

"길드장님. 길드장님! 홍콩에서 던전이 떴답니다.
자그마치 S급이랍니다!"

나를 이 새끼 저 새끼라고 부르지 않기까지, 사이코 녀석들을 사람으로 만들기 위해서 얼마나 갖은 노력을 다했던가.

특히 한 녀석에게만큼은 더 큰 공을 들였었다.

그 녀석.

운발이 엄청났던 녀석.

담배를 물었다.

회귀한 이후로는 처음 무는 담배였다.

후우—

창밖으로 담배 연기를 뿜고 있을 때 우연희의 신음 소리가 들렸다.

그대로 창틀에 눌러 껐다.

"움직이지 마. 일주일은 꼼짝없이 누워 있어야 돼."

"갑자기 억울해지네. 이런 몸이란 걸 진작 알았다면 병원 같은 데는 안 갔을 거야. 참으면 될걸."

우연희가 끄응 하는 작은 신음 소리와 함께 인상을 찌푸렸다.

자신도 모르게 몸을 뒤척이고 나서야 발견한 모양이었다.

우연희는 속옷을 포함한 전부가 새 것으로 갈아입혀진 제 모습을 내려다보고는 한참 동안 말이 없어졌다. 이윽고 그녀가 제 손에 꽂힌 링거로 관심을 돌렸다.

"못 하는 게 없네?"

비마약성 진통액이다. 계속 마약 성분만 밀어 넣을 수는 없으니까.

"나 때문에 시간이 지체되는 건 아니야?"

"던전 외에도 할 일이 많다. 당분간은 너도 낫는 데에만 집중해."

"저쪽 방의 컴퓨터들을 봤어. 화이트보드와 벽보들도. 그것들 주식 거래에 쓰이는 것들이지?"

"관심 있어?"

"나 이제 부자잖아. 누구 덕분에."

우연희는 희미한 미소를 지었다.

그녀가 말했다.

"그 사람과는 어떤 관계야? 무척 친근하게 대하던데. 널 많이 걱정해 주기도 하고."

"진통액 때문에 다 나은 것 같겠다만, 그쯤하고 더 자라."

"자고 싶은데 계속 걱정돼. 나, 너무 많은 돈을 받았잖아."

"어디에 뒀어?"

"장롱 속에 가방들 그대로. 은행에는 바로 넣지 말라고 했잖아. 산에서도 그랬고 지금도 도둑이 들지 않았을까 너무 걱정돼. 갈 수만 있다면 지금 당장 가서 확인하고 싶은데."

"……그럴 거면 은행에 그냥 집어넣어. 세무 조사란 게 2억 가지고 그렇게 쉽게 들어오지 않아. 가능성의 문제지."

"이런 몸이잖아. 부탁해도 될까?"

우연희가 링거 꽂힌 손을 들어 보이며 말했다.

"퀘스트라면 포인트라도 주지."

등을 돌렸다.

"내 자취방이 어디인지는 알아? 열쇠는 차 속에 있을 거고……."

뒤 쪽에서 우연희의 설명이 이어졌다.

그녀가 우려했던 일은 없었다. 우연희의 자취방은 이틀 전에 둘러봤던 그대로였다.

현금 2억이 나눠 들어 있는 가방뿐만 아니라 그녀의 옷과 속옷 그리고 세면 용품들도 함께 가지고 돌아왔다.

"고마워. 귀찮았을 텐데."

우연희는 복부의 압박 붕대를 푼 상태였다. 약간 부끄러운 기색을 보이긴 했지만 그뿐, 신기하다는 어투로 말했다.

"조금씩 아물고 있어."

"다 나을 때까지 여기서 머물러. 딴소리 나오지 않게 집에도 연락해 두고."

"그건 걱정할 것 없어."

우연희는 아무렇지 않다는 듯 말했지만, 순간 스치고 간 씁쓸한 미소의 이유를 나는 알고 있었다.

"그 사람을 도와주고 있는 거야?"

또 조나단 이야기였다. 그러고는 혼자서 단정 지어 버렸는지, 우연희가 나를 바라보는 눈빛은 조나단과 다름없어졌다.

"너무 갑자기 생긴 목돈이라서 어떻게 해야 할지 모르겠어."

"은행에만 넣어 둬도 이율이 17%다."

우연희는 그것이 얼마나 대단한 숫자인지 알 턱이 없었다.

IMF가 터지기 직전까지만 해도 꾸준히 경제 성장을 해 온 시기였던 탓에 두 자릿수 이율은 당연한 일로 취급되었다.

그래서 대중들의 재테크 수단은 별게 아니었다. 한 푼 두 푼 모아 적금을 드는 것. 그리고 실제로 그게 먹히던 시절이었다.

하지만 두 자릿수 이율이라니.

나중에는 헤지 펀드에게 수십억을 맡겼을 때에나 그만한 수익률을 볼 수 있다.

"그런 몸으로 돈 이야기냐?"

"던전이 밥 먹여 주는 거 아니잖아. 백조가 되니까 생각이 많아지네. 부자 백조."

우연희는 빙그레 웃고는 또 통증 때문에 인상을 찡그렸다.

백조. IMF가 낳은 신조어.

추억의 단어에 나는 그만 피식하고 웃어 버렸다. 확실히 기특한 애송이에게 마음이 조금 풀어지고 있는 것 같았다.

그래도 된다. 우연희는 기대 이상으로 잘 따라와 주고 있었다.

그녀는 각성자인 자신을 자각하기 시작했다. 비록 시작의 장을 겪지 않아서 육체적인 면과 정신적인 면 모두 뒤떨어지긴 하지만.

시작의 장을 겪지 않았다는 것 자체가 오히려 내게는 이점이 될 수 있었다.

등 뒤를 내놓고도 안심할 수 있을 테니까.

언제 뒤통수를 칠지 몰라 항상 그쪽을 경계하고 있을 필요가 없어졌다는 것이다.

"주식에는 손도 대지 마라. 쓸데없는 소리 말고 잠이나
자."

*   *   *

두 명의 박(Park).

온 국민들에게 잠시나마 IMF의 설움을 잊게 만들어 준
두 영웅의 전성기와 함께하고 있었다. 그중 한 명의 박이
미 델라웨어주에서 여성프로골프협회(LPGA) 챔피언에 등
극하던 날.

우연희는 더 이상 누워만 있을 필요가 없어졌다.

"와!"

우연희가 환호성을 터트렸다.

우리는 같은 장면을 보고 있었으나 다른 것을 보고 있었
다. 엄밀히 말하자면 관점이 달랐다.

우연희는 여성 영웅이 우승을 결정지은 골프공을 바라보
고 있으나, 나는 그 순간 여성 영웅의 모자에 박힌 스폰서
로고를 바라보고 있었다.

"다시 부를 때까지 대기해. 체력 단련 잊지 말고."

우연희를 뒤로하고선 몸을 일으켰다.

금고에서 장부를 꺼내 컴퓨터실로 들어갔다.

확인한 대로였다.

굳이 일성뿐만 아니라 모든 재벌 기업들의 지배 지분 재편성 작업이 IMF의 혼란을 틈타 진행 중에 있었다.

물론 하루 이틀 사이로 완료될 일이 아니긴 하나, 시기를 놓쳐 버리면 그들의 지배 구조를 뚫기란 여간 어려운 게 아닐 것이다.

내 나름대로 계산한 데드라인은 10월.

주식 시장이 안정세를 되찾을 그 무렵이 넘어가면 재벌 기업들의 지배력만 공고해질 뿐이다.

모니터를 여러 개 띄웠다.

시간 차로 들어오는 짧은 포지션에 러시아 시장은 정신을 못 차리고 있었다.

전초전이긴 하지만 치열한 양상이 펼쳐져 있다.

두 개의 진형이 전쟁 중이었다.

러시아가 망하지 않을 거라는 진형 하나와 망할 거라는 반대의 진형 하나.

반대 진형은 다름 아닌 맨 섬이 본거지일 터.

뉴욕은 오나이더 어소시에이츠를 인수하는 작업이 한창이다. 인수를 끝마치고 이 전쟁에 뛰어들려면 몇 주는 더 걸릴 일.

나는 장부를 펼쳐 놓고, 벌써부터 머리가 지끈거렸다.

역외에 남아 있는 삼십억 달러. 그 자금들이 천여 개에 이르는 유령 회사에 다양하게 분산되어 있다.

그 말인즉, 지금부터 내가 할 일은 장부를 대조해 가면서 일천 개의 투자 기업에서 해야 할 업무를 수행해 나가야 한다는 뜻이다.

지금은 러시아 시장에서 전초전이 시작되고 있다. 그러나 곧 러시아와 관련된 영역들도 전장으로 변할 것이다.

유럽 주요국, 아시아 주요국, 원유 등.

그나마 다행인 것은.

나를 주시하고 있을 세력이 없다는 거다. 아시아를 놓고 한판 벌였던 헤지 펀드들 간의 전쟁에서는 조나단이 완승을 거둔 걸로 되어 있다.

그러니 사설 조사 업체를 쓰면서까지 내 뒤를 쫓는 세력은 없을 것이다.

화마(火魔)의 시작은 태국이었다.

최종 목적지인 우리나라에서 있는 힘껏 타올랐다. 하지만 남겨진 불씨가 러시아로 옮겨붙었다.

러시아발 금융 전쟁이 시작됐다.

"판돈부터 키워 볼까."

98년 6월 초.

조나단은 러시아에 있었다. 그에게도 기다리고 있었던 초청장이 날아왔다.

18세기 러시아 제정 시절에 지어진 화려한 건물 안에는 러시아 정, 군의 관계자들뿐만 아니라 조나단과 같은 미국 인들도 상당했다.

그중에는 미 전직 대통령을 비롯한 현직 고위층도 포함 되어 있었다.

미 전직 대통령과 악수를 나눈 조나단은 월가의 보석이 라는 찬사를 받고선, 멋쩍은 미소와 함께 주위를 두리번거 렸다.

물론 가장 눈에 잘 띄는 곳에 금빛 테두리를 단 현수막이 있었다. 그것은 마치 행사 참석자들에게 이렇게 말하고 있 는 것 같았다.

우리예요. 우리, 러시아. 우리가 어떻게 망할 수 있겠어 요. 그러니 우리의 국채를 사세요. 이율 초대박을 보장한답 니다.

"이게 누구신가."

조나단을 알아본 한 사람이 접근했다.

이 행사를 주최하고 있는 실버만 삭스의 고위 관계자였다.

조나단과 같은 미국인이면서, 러시아까지 날아와 러시아의 국채를 대신 팔아 주고 있는 자다.

"자네가 왔다는 건 좋은 징조지. 로건이네."

그는 조나단의 참석을 진심으로 반가워했다.

"알고 있습니다. 조나단입니다."

"축하하네. 오나이더 어소시에이츠 건을 들었네. 이러다 조나단 인베스트먼트가 경쟁사가 되겠구만. 그건 그렇고 어때 보이나?"

"훌륭합니다."

"자네도 이왕 온 김에 거들고 가지그래? 다시는 이런 기회가 오지 않을 걸세."

"그렇지 않아도 쇼핑 중입니다."

조나단은 샘플 보고서를 들어 보였다.

이 행사를 위해 실버만 삭스에서 참석자들에게 배포한 것이었다.

그리고 단순히 보고서로써만 의미가 있는 게 아니라, 보고서에 미리 달아 둔 라벨에는 대상의 이름과 함께 색깔 스티커가 붙여져 있었다.

붉은색 스티커는 VIP 등급을 뜻했다.

조나단의 샘플 보고서에도 똑같은 색의 스티커가 반짝였다.

"보다시피 본 행사는 성공적이라네. 이로써 러시아는 숨통이 트일 거야. 다 팔리기 전에, 자네도 서두르는 게 좋을 거네. 얼마 남지 않았거든."

남자가 떠났다.

조나단은 그의 뒤통수를 바라보며 코웃음 쳤다.

'실버만 녀석들. 러시아가 망하지 않는다고 정말 믿고 있는 건가. 판매 대행을 하면서 수수료는 대체 얼마나 챙기는 거야? 5천만 달러? 1억 달러? 돈 벌기 아주 쉽지그래? 웃을 수 있을 때 웃어 둬. 다 토해 내게 되거든.'

그러던 문득 조나단은 웃음이 났다.

불과 얼마 전까지만 해도.

자신도 러시아는 절대 망하지 않을 거라는 사람 중에 한 명이었지 않았던가.

그때.

조나단의 두 눈이 부릅떠졌다.

'찾았다!'

조나단은 애초부터 러시아 국채 하나만 보고 온 게 아니었다.

이 긴 비행을 감수했던 까닭은 선후의 회신에 포함되어 있었던, 지시 아닌 지시 때문이었다.

조나단은 옷매를 추슬렀다.

그러고는 자연스럽게 다가갔다.

오늘을 위해 정신없이 바쁜 와중에서도 간단한 러시아어를 배우고 온 그였다.

"안녕하십니까. 블라디미르 행정 실장님 되십니까."

*　　　*　　　*

쾅!

아군 진영에 폭탄이 떨어졌다.

모스크바 연방 회관에서 열린 러시아 국채 판매 행사가 성황리에 끝난 것이다.

기존의 역사에서도 대성공이었지만 이번의 성과는 당시보다 배 이상 커져 있었다.

본래는 삼십 분도 되지 않아서 약 12억 달러치의 러시아 국채가 팔렸었다. 반면에 이번에는 30억 달러 분량이 같은 시간 안에 동나 버렸다.

거기에는 조나단도 크게 기여했다.

그의 등장이 투자 기관들에게 영향을 준 것도 있겠으나, 조나단부터가 뉴욕 회사 명의로 10억 달러치를 구입한 것이다.

〈 비록 렌탈이지만 전용기는 언제나 최고군. 〉

조나단은 그의 전용기 안이었다.
아마도 두꺼운 위성 전화를 귀에 대고 있을 것이다.

〈 하나 살 때가 됐어. 돌아가서 마음에 드는 걸로 골라잡아. 너만 쓸 게 아니니까 네 취향만 고집하진 말고. 실용성 위주로. 〉

그때.
승무원들을 향해 자리를 비켜 달라는 조나단의 목소리가 자그맣게 흘러나왔다.
조나단이 소리를 부쩍 낮춰 말했다.

〈 이번 일로 맨 섬에 타격이 있었을 것 같은데. 네가 시키는 대로 하기는 했지만, 이건 명백한 팀 킬이 될 수 있어. 썬. 〉

〈 네 걱정이나 해. 10억 달러짜리 폭탄을 안고 있는 녀석이 남 걱정은. 〉

〈 어려운 과제야. 〉

〈 반드시 한 달 안에는 다른 녀석들에게 다 떠넘겨야 할 거다. 〉

〈 잊고 있는 건 아니지? DP 크럼프를 비롯한 유럽계 은행들, 우리라면 치를 떨고 있다고. 그 녀석들뿐일까. 업계에선 다 알아. 홍콩 이자를 두고 한판 벌였던 내기를 말이다. 〉

〈 그러니까 가능한 많이. 장담하는데 내일이면 러시아 당국에서 샴페인을 터트릴 거다. 〉

〈 국채를 더 발행하겠지? 〉

〈 그래. 최소 60억 달러의 유로본드와 15억 달러 이상의 국채를 발행할 거라고 본다. 떨어내는 명분으로 좋지 않아? 계산 착오라고 둘러대면 되니까. 〉

〈 그 정도라면…… 괜찮겠군. 그렇지 않아도, 오늘 더 못 사서 환장한 녀석들을 외워 두긴 했는데. 쳇. 수수료가 너무 아깝네. 실버만 녀석들에게 준 수수료만 5천만 달러야. 떨어내는 데에는 그만큼 더 쓰이겠지. 1억 달러 버리고 들어가는 거야. 〉

〈 그렇겠지. 〉

〈 자그마치 1억 달러를 불쏘시개로 써 버리다니, 언제쯤 익숙해질는지. 내게는 평생 불가능할 일인지도 모르지. 〉

　시장의 불씨를 화마(火魔)로 키우는 데 쓰인 기름값.
　1억 달러.
　그 정도면 싸게 먹힌 거다.
　러시아는 절대 망하지 않을 거라는 적 진영의 사기가 드높아졌다.
　비단 사기뿐인가.
　적 진영으로 응원군이 빠르게 늘고 있었다.
　돈. 더 많은 돈들.
　그것들을 짊어진 세계 각국의 투기 세력들이 러시아로 모여들고 있는 중이며, 다름 아닌 적진의 동맹으로 집합 중이다.
　내가 말했다.

〈 실감하든 못하든 판돈이 커지고 있어. 지금은 그걸로 충분해. 〉
〈 세상 어디에서도 판돈을 키우려고 1억 달러를 버리고 시작하는 자는 없을 거다. 썬. 덕분에 하루하루가 짜릿해. 〉

그때쯤 화제를 바꿨다.

〈 러시아 행정 실장은? 〉

〈 첫인상은 KGB 출신답다고 생각했고 그렇게 굴더군.
하지만 돈 싫어하는 사람이 어디 있어. 돈 이야기가 나오니
까 그의 통역관과 열심히 대화하더니, 자리를 옮기자고 제
안하는 거야. 그때 끝난 거지. 제 주머니를 어디까지 열어
보여 주냐는 것밖에 남지 않았었지. 〉

〈 그래서? 〉

〈 달러로 이백만. 그런데 이 관료도 바로 눈치챌 수밖에
없었을 거야. 뇌물이란 걸 모르면 머저리겠지. 어떤 헤지
펀드가 원금을 보장하겠어? 〉

조나단은 세상 누가 불쏘시개로 1억 달러를 쓰겠냐고 혀
를 내둘렀지만, 단언컨대 원금을 보장하는 헤지 펀드를 찾
는 게 더 어려울 것이다.

하지만 러시아 관료에게 분명히 제시했다.

원금을 보장해 줄 테니 맡기고 싶은 만큼의 투자금을 우
리에게 투자해 달라고, 그럼 매년 꾸준히 수익금을 보내 주
겠노라고.

〈 러시아 내각에 줄을 대면서 계획하고 있는 바가 뭐야? 러시아 국영 기업을 노리는 거라면 비집고 들어갈 틈이 없어. 이미 판이 굳었어. 현 대통령의 사람들이 완전히 장악하고 있다. 〉

〈 러시아는 파산해. 조나단. 〉

〈 그렇게 되겠지. 〉

〈 다 물갈이되는 거다. 〉

러시아의 전임 대통령은 사회주의 체제 안에서 자본주의를 끌어안으려고 했으나, 현 대통령은 아니었다.

그는 사회주의의 완전한 해체 위에 자본주의를 받아들이려 했다.

그 결과 그는 러시아에 수많은 정적(政敵)을 낳고 말았다.

그리고 그의 정적들은 러시아가 파산할 경우 그를 집중 공격하기 시작할 것이다.

과거처럼 맹렬하게.

〈 불쌍하게도 썬에게 사형 선고를 받고 말았군. 나라를 파산시키고 나면 못 버티겠지. 〉

조나단이 즐겁다는 듯 떠들었다.

연락을 해 왔던 시점부터 그는 시종일관 기분 좋은 목소리였다.

국채 판매 행사장에서의 시간들.

모니터 속의 숫자 대신 세계를 이끌어 가고 있는 주역들을 직접 만났던 그 순간들이 그에게는 환상적인 경험이었을 것이다.

〈 뉴욕 회사는 어디까지 진행 중이지? 〉

〈 오나이더 어소시에이츠에서 다루고 있던 세 개 펀드는 그대로 유지하고 있어. 따로 손댈 필요가 없더라고. 〉

〈 ANC와 블루 록에서 들어온 고객 예치금 1000억 달러는? 〉

〈 오나이더 사람들, 아니 이제는 우리 임원이라고 해야겠지만. 그들과 블루스톤 그룹에서 빼 온 녀석들이 제안하길, 오나이더의 운용 구조과 같이 세 개의 헤지 펀드로 운영하는 게 어떻겠냐는 거야. 〉

〈 계속해 봐. 〉

〈 펀드명은 정하지 않았으니까 ABC로 두자고. 예컨대 A 펀드는 바이아웃형 펀드로, B 펀드는 시장 중립형 펀드로, C 펀드는 이벤트 드리븐형 펀드로. 〉

〈 각 구성은? 〉

〈 A 펀드에 300억. B 펀드에 500억, C 펀드에 200억. 〉

거기에 대고 대꾸했다.

〈 하나 더 만들어서 미 정부의 연기금과 회사에 남아 있는 순 재산을 묶어. 러시아 관료에게서 받아 온 이백만 달러도 끼워 넣어 주고. 〉

덧붙여 설명했다.

조나단이 A, B, C라고 설명한 펀드들은 엘리트 매니저들에게 방향성만 제시해 주겠지만.

미 정부의 연기금과 우리의 실재산 그리고 러시아 관료 위 재산이 한데 묶여 있는 펀드는, 내가 짠 투자 시안에 제대로 기초하여 공격적인 투자를 감행하게 될 거라고 말이다.

〈 운용 책임자는? 썬, 너는 역외 자금만으로도 정신없다 하지 않았어? 〉

〈 지금쯤이면 뉴욕 회사에 도착했을지도 모르겠군. 회사에 연락해 둬. 〉

〈 누굴 보냈어? 〉

〈 이름은 브라이언 김. 그자에게 일임해. 영락없는 패배자 행색일 거라 내부 불만이 크겠지만 뉴욕 회사의 오너는 너야. 임원들과 직원들에게 강력하게 어필해. 어차피 길어야 두 달이야. 그 뒤에 성과가 나와. 〉

〈 성과를 보여 주기만 한다면 불만은 알아서 누그러지겠지. 그런데 운용 자금이 200억 달러를 넘어. 그만한 인물이야? 그렇다면 나도 알 텐데. 〉

김청수는 누구도 모른다.

심지어 김청수 본인조차도 자신의 잠재력이 어디까지인지 모르던 시절이다.

〈 그에게 오나이더에서 데려온 엘리트들을 가능한 많이 붙여 주고, 권한도 넉넉하게 줘. 〉

〈 출신도 이력도 보잘것없다는 투인데. 우리…… 아니, 내 또래야? 〉

〈 30대 중반의 한국인. 한 가지 알아 둬야 할 건, 투자 시안은 네가 쓴 거다. 조나단. 〉

〈 또 나로군. 기꺼운 마음으로 받아들이지. 〉

김청수는 기분이 묘했다.

오나이더 어소시에이츠의 창립자는 그의 롤모델 중 하나였다.

골드오브아메리카 재직 시절에 발군의 실력을 증명하였고, 오나이더 어소시에이츠를 창립한 이후에는 불과 2년 만에 직원 수 40명이 1300명에 이르도록 회사를 확장시켰으며, 그 해 많은 상을 휩쓸었다.

그랬던 롤모델이 본인이 창립한 회사를 매각하고, 개인 재산만을 운용하겠다고 선언했다.

사실상 그것은 은퇴 선언이었다.

그 소식을 접했을 때만 해도 김청수는 별 감흥이 없었다.

여러 롤모델들이 똑같은 전철을 밟아 왔다.

무릇 감당할 수 없는 만큼의 자본이 모였을 때는 운용 자금을 축소해야 한다.

방법은 흔했다.

회사를 매각하고, 그동안 벌어들인 개인 순 재산으로만 펀드를 구성하는 거다.

즉, 명예로운 은퇴라는 것이다.

김청수는 오나이더 어소시에이츠에서 조나단 인베스트

먼트로 간판이 바뀐 옛 오나이더의 본사 빌딩으로 들어서며 자조 섞인 미소를 지었다.

한때나마 조나단을 억세게 운이 넘쳐 났던 투기가라고만 생각했던 자신이 부끄러웠기 때문이었다.

그랬던 생각이 바뀐 건 그의 저서를 읽으면서부터였다.

그리고 정체불명의 메일이 들어왔던 날에는 엄청난 충격을 받았다.

조나단에게 붙은 '투자의 신'이라는 별명은 가히 틀린 말이 아니었다.

'그의 예견대로 러시아는 파산하고 말겠지. 그럼 조나단은 얼마나 더 부자가 될까.'

어쩌면 말이다.

김청수는 몇 세기 동안 회자될 역사적인 인물과 동시대를 살아가고 있다는 생각까지 들었다.

감히 그렇게까지 생각하는 까닭에는 정체불명의 메일 속에 첨부되어 있던 파일 하나가 있었다.

천재적이었던 혜안(慧眼)의 투자 시안.

"브라이언 김입니다."

"조나단 대표 이사님과 선약이 되어 있으시군요. 최상층의 비서실에 응접 공간이 있습니다. 곧 들어오신다고 하니 거기서 기다리고 계시겠습니까?"

"감사합니다."

김청수는 조나단을 기다리는 동안, 마음을 진정시키려고 노력했다.

가슴은 뛰어도 머리는 냉철해야 했다.

자신을 어떻게 알았고 자신에게 무엇을 봤는지는 모르겠다만.

여긴 면접 자리가 분명했다.

7월 말, 러시아 파산 선언을 기초로 한 220억 규모의 투자 포트폴리오.

김청수는 작성해 온 서류들을 복습하면서, 스스로 돌발 질문들도 예상해 보곤 했다.

이윽고 인기척이 났다.

구둣발 소리와 함께 자신의 이름 소리가 들렸다.

비서의 안내에 따라 대표 이사실로 들어갔다.

조나단의 저서와 언론 매체에서 봤던 똑같은 얼굴이, 김청수 본인을 향해 미소 짓고 있었다.

"오래 기다리셨죠? 그래도 러시아에서 도착하는 대로 바로 달려왔습니다. 선약 시간에서 늦은 점, 양해해 주셨으면 합니다."

김청수도 어제 모스크바에서 있었던 행사를 모를 리가 없었다.

의미가 큰 행사였다.

"지금 즈음이면 뉴스가 떴을 법한데요. 확인해 보셨습니까?"

조나단이 물었다.

그래서 김청수는 아차 싶었다.

"제가 뭘 묻고 있는지는 알고 계신 겁니까?"

"모스크바 연방 회관에서 실버만 삭스가 주최한 러시아 국채 판매 행사 말씀이시죠. 죄송합니다. 오늘 만남을 준비하느라, 결과를 확인하지 못했습니다."

첫 면접 질문은 틀림없이 매니저로서의 소양을 확인하는 것이었다.

그런데 답을 내놓을 수 없었다.

패착이었다.

김청수는 입맛이 몹시 썼다.

잠시 후 조나단이 모니터에 기사 하나를 띄워 김청수도 볼 수 있게끔 돌려 주었다.

행사는 대성황으로 끝나 있었다. 자그마치 30억 달러 규모의 국채가 하루 만에 팔렸다.

김청수의 두뇌가 빠르게 돌아갔다.

러시아 외환 보유고로 들어간 30억 달러가 투자 시안의 예측 결과에 얼마나 영향을 줄까?

'미미해. 오히려 이건 더 불을 지피는 격이야. 아!'

김청수가 감탄 어린 눈을 부릅뜨며 조나단을 쳐다보았다.

"혹시 조나단도 러시아 국채를 사셨습니까?"

조만간 러시아가 파산한다고 예견한 당사자가, 러시아 국채를 샀다?

정말 그렇다면…….

"10억 달러 분량을 매입하고 오는 길입니다. 제가 손해를 볼까요, 이익을 볼까요?"

그 순간.

김청수는 등줄기가 찌릿했다.

등골을 타고 올라온 전율은 삽시간에 전신으로 퍼졌다.

'판돈을 키우고 있어!'

눈앞의 백인 청년은 최고의 전략가이기까지 했다.

"미리 축하드립니다. 조나단. 아시아에서의 대활약을 재현하시겠군요."

그런데 거기에 나온 대답이 가장 큰 충격이었다.

김청수는 자신이 잘못 들은 줄 알았다.

"예? 다시 말씀해 주시겠습니까."

"이번에는 당신의 차례입니다. 브라이언에게 기회를 주고 싶습니다. 아시아 금융 위기에서 수확한 전리품, 브라이언에게 맡겨 보고 싶다는 겁니다."

*　　　*　　　*

딸깍. 마우스를 클릭했다.

천여 개의 유령 회사들 중 가장 많은 자금을 품고 있는 계좌 하나를 띄웠다.

「계좌명 : 주식회사 마이더스뱅크」
「계좌 가치 : 432,500,000 $」
「평가 손익 : -67,500,000 $」
「수익률 : -13.5 %」

5억 달러였던 계좌 가치가 4억 달러 초반까지 떨어져 있다.

틱.

「수익률: -13.51%」

틱.

「 수익률: -13.5% 」

잠깐 사이에 수익률이 0.01% 더 떨어졌다가 다시 제자리로 돌아왔다.

그러고는 한 번에 쭉 미끄러지기 시작했다.

「 수익률: -14% 」

1분도 안 되는 시간 동안 0.5%의 하락.

이천오백만 달러가 증발했다. 비단 이 계좌만이 아닐 것이다. 아군 진영 전체의 손실이 수십억 달러를 기록하고 있을 것이다.

월가 시절의 나였다면 서늘하게 굳어 버린 눈으로 모니터만 노려보고 있거나, 나의 암울한 분위기를 직감한 수석 트레이더의 호출에 긴장하며 자리에서 일어나고 있을 터였다.

하지만 지금 나는 아무런 동요가 없었다.

당장의 전황만 보자면 아군 진영이 밀리고 있는 형세니 당연한 결과물이다.

사실은 더 떨어지길 바라고 있었다.

위 계좌는 엔화 선물 시장에 투입된 병력이다. 수익률이 떨어지고 있다는 뜻은 적진에서 병력을 더 투입했을 가능성이 높다는 것!

각국의 금융 정책으로 미루어 볼 때 엔화가 이렇게 떨어지고 있을 이유는 그러한 가능성밖에 없었다.

6월 초에 조나단으로 하여금 불을 지폈던 게 주요했다.

재미있게도.

서울을 공격하기 위해 연합을 구성하였던 헤지 펀드 세력들이, 이번에는 러시아를 보호하기 위해 다시 뭉쳤다.

러시아가 그들과 같은 피부색의 나라이기 때문만은 아니다.

상당수의 헤지 펀드들이 6월경에 러시아 국채를 매입했고, 오래전부터도 많은 양을 보유하고 있었다.

러시아의 파산은 곧 그들의 큰 손실이 되고 만다.

그래서 러시아는 당연하고.

아시아 주요국과 유럽 주요국들의 화폐와 선물 그리고 주식. 또한 원유를 비롯한 원자재 선물 시장까지.

다양한 곳들이 전장으로 변했다.

러시아를 중심으로 한 전선(前線)이 길게 펼쳐졌다.

사실 과거에는 지금 같은 전선이 존재하지도, 존재할 이유도 없었다.

그때는 조용하기만 했다.

잠깐씩 들썩였던 경우는 헤지 펀드 연합들, 본인들이 불살랐던 아시아 각국들의 금융 정책들에 큰 변화가 있었을 때뿐이었다.

지금처럼 치열한 형국도 아니었고, 러시아를 보호하기 위해 두 팔 걷어붙일 만큼 몰린 입장도 아니었다.

하지만 내가 판돈을 키우면서 그런 입장으로 내몰렸다.

그리고 맨 섬과 뉴욕의 자금으로 추정되는 자금들이 현재의 전장으로 투입되면서 전면전으로 치닫게 되었다.

* * *

그 시각.

롱타임캐피털 매니지먼트(LTCM)의 어느 데스크.

제랄드는 주먹을 불끈 쥐었다.

마음 같아선 소리를 질러 대고 싶었다.

그런데 동료들을 확인해 보니, 비단 자신만이 승리를 따낸 게 아닌 것 같았다.

제랄드는 자신과 눈이 부딪친 동료에게 눈빛을 보냈다.

둘은 조용히 자리에서 일어났다.

수석 트레이더도 장 중에 자리를 뜨는 둘에게 따끔한 일침을 날리기는커녕, 그 또한 키보드에서 손을 놓고 기지개를 펴고 있었다.

제랄드가 마지막에 본 수석 트레이더는 전화를 받는 모습이었다.

아마도 위층의 격려일 것이다.

"오늘처럼만 하면 고개 좀 들고 다닐 수 있겠어요."

"모처럼 데스크 분위기가 좋아졌습니다. 작년 아시아에서 얼마 손해 봤어요? 저는 2억 달러."

제랄드의 동료가 먼저 불문율을 깨트리고 나왔다. 성과에 대해서는 수석 트레이더 외에는 언급하지 않은 것이 사내 룰인데 말이다.

하지만 이날처럼 분위기가 좋을 때는 은연히 무시되곤 했다.

손실에 대해서도.

"그보다 많습니다."

제랄드가 웃으며 대답했다.

작년 하반기부터 지금까지를 통틀어 처음 짓는 미소였다.

"그런데 어떤 녀석들일까요?"

"목적이 확실해 보이죠?"

둘은 동시에 생각했다.

어떤 연합 세력이 러시아를 공격하고 있다!

"민간 자금을 이렇게 공격적으로 투입할 수는 없을 테고."

"우리 같은 녀석들이죠. 물량을 보면 많이 준비를 한 것 같긴 한데. 그 녀석들 이번에는 추방되고 말 겁니다."

제랄드는 동료의 말에 크게 공감했다.

그렇지 않아도 헤지 펀드 업계 전반이 아시아에서 본 손실 때문에 입지가 위태로웠다.

그런데 어느 업체가 또 큰 손실을 보고 만다면, 이번에야말로 그 헤지 펀드는 업계에서 추방될 수밖에 없다.

"손가락질당해도 할 말 없을 겁니다. 투자 시안을 어떤 머저리가 짰는지는 몰라도 업계 분위기는 물론 정세의 흐름을 완전히 잘못 읽고 있어요."

제랄드는 고소를 삼켰다.

패배자를 비웃는 건 승자의 당연한 권리이지 않은가.

둘이 승리감에 도취되어 있었을 때.

수석 트레이더도 휴게실로 합류했다.

수석 트레이더는 창가에 서서 담배에 불을 붙였다. 그러고는 만감이 교차하는 표정으로 둘을 향해 말했다.

"운용 자금이 추가됐다."

그러며 덧붙였다.

"들어가는 대로 거래는 잠시 중단하고, 디렉터가 보내온 투자 시안부터 확인하도록."

　제랄드와 그의 동료는 투자 시안을 안 봐도 알 것 같았
다.

　금일 자 수정된 투자 시안은 직전의 투자 시안보다 훨씬
공격적으로 변해 있을 것이다.

　그러던 문득.

　제랄드는 수석 트레이더의 표정에서 불안한 느낌을 받았
다.

　이 좋은 분위기 속에서 수석 트레이더가 손실을 봤을 리
가 없는데?

　"……무슨 문제라도 있습니까?"

　"너희 둘은 그런 느낌을 받지 않았나?"

　"예?"

　"분위기가 좋아도 너무 좋다고 말이다. 우리가 이기고
있지만 냉정하게 말해 반대 거래자들의 실책 때문인 것이
지, 우리가 특별히 잘해서 때문이 아니야."

　"거래량 다시 체크해 보겠습니다."

　"하고 왔어."

　"어땠습니까?"

　"주도권이 우리에게 있는 게 아니더군. 반대 거래자들에
서 우리를 끌어들이고 있어. 아니야. 이건 잘못된 말이겠

군. 반대 매수자들은 우리를 신경 쓰고 있지 않다는 느낌이 강해. 그들은 그들의 투자를 하고 있는 건데 우리가 반응하고 있는 게 되는 거지."

"그게 러시아 공격 아닙니까."

"비슷하면서도 다르다. 러시아가 파산하길 기다리는 셈이 되니까. 다른 시장의 사정도 비슷하더군. 눌림 폭이 커."

수석 트레이더의 말대로라면 러시아의 파산을 가정한 매수 세력이 전반에 걸쳐 있게 되는 것이었다.

파산을 시키려는 게 아니라 파산을 기다리고 있는 것.

그 둘은 차원이 달랐다.

극과 극이다.

"디렉팅 부서에서는 뭐라 합니까?"

"운용 자금이 추가되고 수정 시안이 들어왔다는 말, 못 들었나?"

"……."

"그래. 내가 이런 느낌을 받았다면, 두 교수님께서도 똑같은 느낌을 더 일찍 받았겠지. 하지만 두 분이라고 별수 있나. 이미 깊게 들어와 버린 것을. 전략을 바꾸기엔 늦어도 한참 늦었다."

"……."

"그러니 희희낙락할 때가 아니란 거다. 너희들과 나, 우리 모두의 존망이 걸렸어. 그리고 잘못되면…… 아니, 그런 일은 일어나지 않겠지. 충분히 쉬고 들어와."

수석 트레이더가 나간 뒤.

휴게실에 침묵이 감돌았다. 수석 트레이더는 담뱃불을 붙여 놓고 정작 피지는 않아서, 재떨이에는 그가 남기고 간 긴 담뱃재만이 남아 있었다.

제랄드와 그의 동료는 서로를 바라보다가 어색하게 웃었다.

"월가의 격언을 잊고 있었나 봅니다."

때론 너무 많이 생각하지 말아야 할 때가 있다.

지금처럼 전세가 명확한 경우에는 더욱이 그렇다.

승리를 이어 나갈 때였다.

"들어가죠."

*　　　*　　　*

지금의 적군 진영.

즉.

헤지 펀드 연합들이 우리나라를 공략하기 위해 벌였던 전략은 공포의 확산이었다.

태국부터 시작해서 동남아시아 전역을 휩쓸고, 아시아의 금융 메카인 홍콩을 때려 우리나라를 공포에 떨게 만들었다.

겁에 질린 외국계 자금들이 서울을 빠져나가게 만들고, 또 겁에 질린 채무 기관들에서 상환을 독촉하게 만들었다.

그렇게 우리나라는 내부에서부터 무너질 수밖에 없었다.

자신들이 그랬기 때문일까.

아니면 그러한 전략이 헤지 펀드들의 정석적인 공격 방식이기 때문이었을까.

확신하건대.

적 진영에서는 우리 진영이 지금의 전장에 투입한 자금들을 러시아를 공격하기 위해 주둔시킨 점령군으로 오인한 것 같았다.

정확하게 말하자면, 질리언과 김청수가 의도적으로 그들을 오인하게 만들고 있지만.

진실은 우리가 투입한 병력들은 러시아를 공격할 점령군이 아니란 거다.

「 수익률: -14.1% 」

그 사이에도 0.1 %가 더 떨어진 수익률이 명백한 증거이지 않은가.

러시아를 의도적으로 공격해서 무너트릴 생각이었다면 이따위 전략으로 진입하지 않았을 것이다.

질리언도.

김청수도.

그리고 나 역시.

자리에서 일어났다.

장장 한 달에 걸친 대작업을 비로소 마무리 지었다.

이제.

러시아가 파산하고.

현재 배치해 둔 병력들로 하여금, 러시아와 함께 침몰할 적 진영에서 전리품을 수거하는 일만 남았다.

하지만 그때까지 당장의 큰 손실에 평정심을 잃지 말고 가만히 지켜보는 것.

어쩌면 가장 어려운 일이 남아 있는지도 모른다. 말이 좋아서 '기다림의 미학'인 것이지, 알면서도 못하는 것이 바로 그것이다.

끼이익—

운동실로 나가는 문에서 마치 던전의 나무문 같은 소리가 났다.

지어진 지 이십 년이 넘은 빌딩. 단순히 페인트칠이나 필름만 덧붙일 게 아니라 문을 통째로 갈아야 할 시기가 온 것 같았다.

한편 오늘도 우연희는 석궁을 연습하고 있었다.

마침 그녀가 쏘아 보낸 화살이 표적지로 날아가 꽂혔다.

봤어?

우연희가 그런 시선으로 나를 쳐다보며 다가왔다.

"일은?"

"다 끝났어."

"굉장히 치열하게 사는구나. 반성하게 돼."

"쓸데없는 소리 말고. 조만간 던전에 진입한다. 길어야 2주."

"2주⋯⋯."

그 안에 결판날 것이다.

Chapter 5.

두 명의 노벨 경제학상 수상자가 있다.

월가뿐만 아니라 금융 세계 전반에 둘이 끼친 영향은 실로 대단했다.

지금의 파생 금융 상품을 실질적으로 존재하게 만들었으며, 금융 세계에 수리 경제학 붐을 일으켰다.

그러한 두 교수가 롱타임캐피털 매니지먼트(LTCM)라는 헤지 펀드에 노벨상 수상금을 포함한 전 재산을 집어넣고 파트너로 있었다.

와룡과 봉추를 얻었다고?

맞다.

당시에는 모두가 그렇게 생각했었다. 그래서 본래부터 대단했던 롱타임캐피털은 세계적인 헤지 펀드로 급부상했다.

전 세계 은행들을 상대로 1조 달러 규모의 파생 상품을 거래하고 있던 그들이, 러시아 국채에 큰 비중을 두고 있었다는 것은.

와룽과 봉추 또한 러시아 파산을 부정하는 것을 넘어, 절대 망하지 않을 거라는 신념까지 있었다는 뜻이다.

두 명의 노벨 경제학상 수상자가 말이다.

그러한 실정인데 누가 아군 진영에 가벼운 마음으로 합류할 수 있겠는가.

여러 전장에서 적 진영의 압박을 견디고 있는 병력들은 틀림없이.

거의 대부분 맨 섬의 질리언과 뉴욕의 김청수가 투입한 병력들이다.

그때.

내 역외 계좌들은 하나같이 시뻘겠다.

피처럼 붉은 글씨들로.

−35%, −41%, −29%, −48% 등등.

하나도 빠짐없이 두 자릿수 손실율을 기록하고 있었다.

가장 손실율이 큰 계좌는 무려 마진콜 마지노선에 근접

해 있었다.

모든 계좌를 합치면 평균 손실율이 마이너스 사십 프로 정도까지 될까?

그렇다면 역외 자금 30억 달러 중 12억 달러가 증발한 셈이다.

분명히 러시아 파산은 역사적인 사건이다. 데이터에는 이상이 없었다. 곪아 터진 러시아는 파산하지 않고는 버틸 수 없다.

그러나 헤지 펀드 연합 세력들과의 이번 전쟁은 역사에 없던 일.

우리가 의도적으로 끌어들이긴 했지만······.

더 투입할 병력은 남아 있지 않은데 지금 이 순간에도 배치가 끝난 병력들의 팔다리가 날아가고 있다.

만에 하나 말이다.

정말 만에 하나, 지금까지 일으킨 나비의 날갯짓 중 무엇이 러시아가 파산하지 않게 되는 결정적인 불씨를 제공한다면?

그로써 미 재무부나 일본의 대장성에서도 공개하지 않는 비밀 협정이 진행 중이라면?

나는 팔짱을 끼고 모니터를 노려보았다.

불과 며칠 전까지만 해도, 지켜볼 일만 남았다고 했고 그것이 앞으로 해야 할 일이었다.

침이 바싹바싹 마를 정도까지는 아니지만.

심장에 반응이 오고 있었다.

시큰하게 뛰기 시작했다.

모니터 하단에 찍힌 날짜는 7월 13일.

"아직이냐……."

그때.

한 통의 전화가 걸려 왔다.

영어권 남성의 목소리지만 조나단의 목소리는 아니었다.

〈 안녕하십니까. 〉

남자의 기계적인 인사말에 직감했다.

우리는 이 연락을 끔찍이 싫어했다.

온갖 정성을 들여 사람 만들어 놓은 애송이들의 사망 통보도 이런 식으로 시작되곤 했다.

핸드폰을 어깨에 대고 장부에 손을 올리며 이어질 말을 기다렸다.

〈 플로리다 위저 증권의 케이맨 지사입니다. 다름이 아니오라 포지션 증거금 및 유지 증거금 전체가 기준을 하회

하여 연락을 드렸습니다. 〉

공식적인 사망 통보, 마진콜이었다.

〈 잠시 기다려 주시겠습니까. 확인해 보겠습니다. 〉

플로리다 위저 증권에 예탁되어 있는 계좌는 FX 마진 거
래에 들어가 있었다.

「 계좌명 : 주식회사 테일로드 」
「 계좌 가치 : 420,000 $ 」
「 평가 손익 : -580,000 $ 」
「 수익률 : -58 % 」

전사(戰死).
병사 하나가 사망했다.

〈 통보 이후 가격 변동으로 인하여 위탁 증거금의 60%
에 미달되는 경우 시스템에 의하여, 모든 포지션이 강제 청
산됩니다. 〉

증권 회사 직원이 미란다 법칙을 고지하듯이 말했다.

그러고는 감사하다는 내 대답을 듣자마자 전화를 끊었다.

테일로드라는 이름을 가진 병사는 가장 위험한 전투를 담당하고 있던 무리 중에 한 명이었다.

나는 테일로드에게 태국에서 있었던 초대박을 기대했지만, 결과는 장렬한 사망으로 돌아왔다.

증권사 직원이 통보했던 60% 미만을 하회하는 순간은 그리 오래 기다릴 것도 없었다.

강제로 청산됐다. 그사이에도 똑같은 전화들이 쉼 없이 이어졌다. 테일로드 등에게 맡겼던 특수 작전이 실패로 돌아간 것이다.

팔다리만 남은 특수 작전병들의 시신은 일단 내버려 두기로 했다.

긴 전선에 다양하게 펼쳐져 있는 수많은 전장 중 하나일 뿐이었다. 비교적 위험하지 않은 임무를 수행하고 있는 부대들은 적진의 압박을 잘 견디고 있었다.

"지금부턴 시간 싸움이야! 압박에 견뎌! 애송이 녀석들아!"

비슷한 상황의 보스전이 있었다.

그 보스 몬스터는 강력했지만 공략법은 본연의 강력함만큼이나 복잡하지는 않았다.

일명 강화형 몬스터였다.

강화형이란 무릇 예정된 시간이 지나면 강화가 풀어지고 훨씬 약해진 실체로 복귀한다.

강화가 사라질 때까지 버티면 공략 성공, 못 버티면 전멸.

하지만 어떻게든 버텨 내 공략을 성공한 후의 보상은 엄청났다.

당시에도 플래티넘 박스가 쉴 틈 없이 열렸으니까.

반면에 러시아의 경우는 그때의 보스전보다 수월하다고 할 수 있었다.

우리는 지금 러시아와 싸우고 있는 게 아니라, 제멋대로 러시아의 호위 기사를 자처하고 있는 헤지 펀드 연합들과 싸우는 것뿐이다.

그런데 분명한 건.

그들의 왕인 러시아가 죽을병에 걸려서 골골대고 있다는 것이다.

조만간 숨통이 끊길 것이다.

＊　　＊　　＊

우리나라의 헌법 공포를 기념하는 국경일이었다.

일찍부터 사무실로 향했다.

"왔어?"

석궁을 들고 있는 우연희가 나를 반겼다. 내가 일찍 올 거란 당연한 예상 때문이었는지 나를 맞이할 준비가 끝나 있었다.

우리나라 석간신문과 여의도의 찌라시들이 종류별로 정리되어 있었다.

운동실에 놓여진 프린터는 계속 출력 용지를 뽑아내고 있었다.

텔레비전 채널도 마찬가지다. 우리나라 방송이 아닌, 싱가포르에서 송출되는 CNBC 아시아 채널에 고정되어 있었다.

수습 트레이더.

아니. 우연희가 마치 비서처럼 굴기 시작한 건 저번 주부터였다.

나쁘지 않아서 내버려 두고 있었다.

"아침은 먹었어?"

고개를 끄덕이며 프린터로 다가갔다.

우연희는 번역도 제대로 못하면서, 내가 항상 주시하고 있다는 이유만으로 파이낸셜 타임스를 비롯한 금융 웹 사이트들의 메인 기사들을 출력해 왔다.

사설 뉴스레터들도 아예 우연희의 메일 계정으로 돌려놓아야 할 것 같았다.

어쨌든 어제 자의 기사들도 러시아 시장을 둘러싼 전쟁을 다루고 있었다.

서구 금융계에서도 '전쟁(WAR)'이라는 단어를 직접적으로 사용하기 시작한 때는, 우연희가 비서처럼 굴기 시작한 무렵과 같았다.

아직 서머타임 고정제를 폐지하지 않은 모스크바와 서울의 시차는 5시간.

현재 모스크바는 오전 5시.

보통 중대 발표가 시작되는 시간은 오전 10시 반에서 12시 사이가 된다.

관료들이 출근해서 사전 브리핑를 마친 시간이 딱 그쯤이니까.

그래서 우리나라 시간으로 오후 2시 반부터 4시까지에 아무런 소식이 없다면 그날도 꽝인 것이다.

그제도 어제도, 일주일 전부터 학교가 끝나자마자 사무실로 뛰어왔던 게 무색하게도 아무런 소식이 없었다.

오늘은 어떨까.

그 때 우연희가 물어 왔다.

"여름 방학 시작했지?"

"어제."

"좋겠다. 계속 기다려 왔잖아. 그런데 부모님 때문이라면 검정고시도 괜찮지 않을까? 나 1학년 담임이었잖아. 내가 설득……."

"나는 말이다. 우연희."

덴전에 도전하고 막대한 금력을 손아귀에 넣으려 하는 가장 큰 이유가, 우리 부모님을 위한 것임을 설명하려고 했었다.

하지만 그만두었다.

가족 관계가 최악인 우연희에게 할 말이 아니었기 때문이다.

지금도 생생하다. 전생에 무슨 엄청난 악연이라도 됐는지 제 딸의 직장까지 쳐들어와서, 악에 받친 대로 소리를 지르던 우연희의 모(母)가.

많이 양보해서 제 딸을 생각해서 저지른 짓이라고 해도.

그건 부모 된 사람이 할 짓이 아니었다.

"보다시피 발육부터가 또래들과 달라. 더 엇나가기는 싫다."

성장 과정만큼은 평범하게 돌려 드리고 싶은 거다.

그런 의미로 이민 따위는 오래전에 머릿속에서 지웠다.

부모님의 가족 형제분들이 다 이 땅에 계신데, 순금으로 지어진 저택에 천 명의 하인을 두신들 그 행복이 얼마나 오래갈까.

본 시대에서도 그러셨던 어머니였다.

"……."

우연희가 희미한 미소를 지었다.

"석궁 내려놓고 이리로 와서 앉아 봐."

내가 말했다.

던전에 들어가기 앞서 보다 사실적인 주의 사항에 대해 들려줄 때가 되었다.

설명이 진행되면서 우연희는 점점 심각해져 갔다.

던전의 두려움이야 진작 깨달은 우연희지만, 구체적인 대응 방법이 거론되고 있는 것은 실전이 코앞까지 왔음을 의미했다.

맨 섬의 질리언도, 뉴욕의 김청수도, 서울의 나도.

우리는 7월 말에서 8월 초순까지를 데드라인으로 잡았다.

그때 러시아가 파산하든 안하든 포지션을 청산한다.

물론 러시아가 파산하면 굉장한 전리품을, 하지 않으면

굉장한 타격이 기다리고 있다.

어쨌거나 시기는 좋았다.

여름 방학 시즌이지 않은가. 한때 담임이었던 우연희를 배경에 깔아 두면 부모님을 더욱 안심시켜 드릴 수 있다.

공략 기간을 한 달 넘게 잡을 수 있는 것이다.

느리지만 그나마 안전하게.

설명은 배달 음식을 시킨 뒤에도 계속됐다.

그리고 오후 2시 반쯤에 F급 던전에 대해서는 더 이상 설명할 게 없어졌다.

우연희도 시계를 바라보고는 나를 방해하지 않았다.

내가 무엇을 시작하는지 알고 있는 그녀였다.

예정대로 소파에 앉았다.

CNBC 아시아 채널의 앵커는 전문가들을 모아 놓고, 그 또한 러시아발 금융 전쟁에 대해서 심각한 토의를 진행 중에 있었다.

"헤지 펀드는 반드시 수익을 내야 하기 때문에, 종
종 과격해지곤 했습니다. 세계 경제에 긍정적인 영
향보다 부정적인 영향을 끼쳐 왔죠. 작년 말부터 지
금까지 아시아가 어떤 지경에 이르렀는지를 보세
요."

"헤지 펀드들은 뭐랄까요. 해커와 같다고 봅니다. 착한 해커가 있고 나쁜 해커가 있지 않습니까. 그래도 그들이 기업에 시사하는 바는 같다고 봅니다. 해커의 공격을 받은 기업은 본인들의 취약점을 깨닫게 되죠. 그로써 보완하게 됩니다."

"문제는 그들이 나쁜 해커라는 겁니다. 돈을 요구하죠. 많은 돈을요. 러시아발 금융 전쟁은 비단 두 헤지 펀드 세력들 간의 싸움이 아닙니다. 선량한 피해자가 나오기 마련입니다."

"글쎄요. 많은 거래가 선물 시장에서 이뤄지고 있습니다. 선물 시장의 진입자들은 대개 기관이죠. 그리고 그들도 헤지 펀드를 운용합니다."

한쪽은 헤지 펀드를 공격하고, 한쪽은 헤지 펀드를 대변하고 있다.

그러던 중 메인 앵커가 둘의 논쟁을 중단시켰다.

"지금 모스크바에서 중대 발표가 시작되었습니다. 지금 막 들어온 소식에 의하면, 모라토리엄 선언에 관한 것으로 밝혀졌습니다."

그 순간.

나는 전신이 푹 꺼져 버리는 기분을 받았다.

드디어.

왕의 숨통이 끊긴 것이다.

*　　　　*　　　　*

「 속보: 모라토리엄 선언. 러시아, "外債(외채) 못
갚겠다."

러시아가 모라토리엄을 선언했다.

대외 채무에 대해 90일간 지불을 중지하고 루블화
의 환율 상향선을 종전보다 53% 오른 달러당 9.5루
블로 상향 조정했다.

이와 관련해 국제통화기금(IMF)은 러시아 정부
와 조속한 협의에 들어간 것으로 밝혀졌다.

이 발표로 러시아 주가와 은행 간 거래의 루블화
공식 가치가 폭락했으며 유럽 주요국의 주가와 화폐
가치도 동반 하락했다.

또 아시아의 주요 통화 가치와 원유 가치를 포함
한 원자재 가치도 일제히 떨어졌으며 미국의……

<하략>」

＊　　　＊　　　＊

「 수익률 : + 512% 」

「 수익률 : + 22% 」

「 수익률 : + 620% 」

「 수익률: + 43% 」

......

「 수익률: + 2% 」

「 수익률: + 125% 」

「 수익률: + 34% 」

「 수익률: + 310% 」

손실이었던 계좌들이 전부 수익으로 돌아섰다.

수익률만 놓고 볼 때가 아니었다. 가시적인 수익률을 기록한 것들은 대개가 도박성 자금으로, 적은 금액이기 때문이다.

하지만 지금은 전 계좌 합산 수익률과 수익금을 계산할

때도 아니었다.

그동안의 인내에 대한 보상을 누적시켜야 할 때였다.

배치해 둔 병력들이 전리품을 꾸준히 수거하고 있었다.

"끝났다…… 뉴욕과 맨 섬에서도 난리가 났겠군."

＊　　　＊　　　＊

뉴욕 증권 거래소에서 비명 같은 탄성이 터졌다.

월가의 주 거리를 따라 즐비해 있는 금융 기관들에서는 실제로 비명 소리가 났다.

유독 한 곳.

오나이더 어소시에이츠의 본사였던, 현(現) 조나단 인베스트먼트의 빌딩에서만 거대한 환호성이 일시에 터져 나오고 있었다.

총 13층, 그중 세 개 층에서 일제히 폭발한 것이다.

"브― 라이언!"

"브― 라이언!"

"브― 라이언!"

딱 그랬다.

9회 말 만루에 끝내기 역전 홈런 한 방을 터트린 타자에게 보내는 것만 같은 환호.

차마 장 중이라 우승 행가래 같은 것은 없었으나, 트레이더 모두가 자리에서 일어나 김청수의 이름을 외치고 있었다.

김청수의 두 눈엔 이 모든 상황이 한없이 느릿하게 다가왔다.

누구보다 놀라 버렸기 때문인지도 몰랐다.

러시아 파산 선언이 속보로 떴을 때, 김청수는 오히려 본인의 사망 통보를 받은 것만 같이 심장이 저 밑바닥까지 꺼져 버리는 기분에 휩싸였다.

분명 기뻐하고 환호를 질러야 하는 순간이지만.

그럼에도 다리에 힘이 들어가지 않으며 축 처져 버린 것은, 그동안 김청수가 감당해 왔던 중압감이 실로 엄청났기 때문이었다.

김청수는 그의 부하 직원들을 한 명 한 명 쳐다보았다.

개중에는 이름이 잘 알려진 유명 트레이더들도 적지 않았다. 그들은 사설 뉴스레터를 운용하고 있는 자들이었고 김청수 본인도 구독자 중 한 명이었다.

그뿐일까.

모두의 학력이 아이비리그 급에서 벗어나는 법이 없었다.

그의 컴퓨터가 놓인 층에만 그러한 엘리트들이 거진 삼

십 명이 넘었다.

똑같은 환호에 시끄러운 위, 아래층.

거기에도 똑같은 수의 엘리트들이 포진해 있었다.

총 일백이 넘는 엘리트 트레이더들의 수장이 되었을 때.
그리고 이백억 가량의 그룹 자금이 실제로 들어왔을 때.

김청수는 기쁘기보다는 비로소 실감이 들었다.

그것은 엄청난 공포였다.

그로부터 한동안은 부하 직원이라는 엘리트들의 뱀 같은
시선들에 시달렸다.

끊임없이 몰려드는 뱀들에 온몸이 뜯어먹히는 똑같은 꿈
을 계속 꾸었다.

당연했다.

투자 시안의 천재성에 놀라 얼떨결에 승낙하고는 말았지
만.

200억 달러라니!

가당키나 하단 말인가.

하지만 해냈다.

해내 버렸다.

이윽고 김청수는 자리에서 일어나는 데 성공했다.

그는 자신이 눈물을 흘리고 있는지도 몰랐다.

김청수가 입을 열려고 하자 직원들 모두 소리를 죽였다.

그래서 김청수의 혼란 가득한 작은 목소리가 끝까지 퍼질 수 있었다.

"사실, 여러분들과 같은 뛰어난 전문가 아래에서 수습 과정을 밟길 오랫동안 고대해 왔었습니다. 그러한 마음으로 지금도 많이 배우고 있습니다."

말을 하고 나서야 본인의 젖은 목소리에서.

김청수는 자신이 울고 있다는 사실을 깨달았다.

기쁨의 눈물?

아니다.

안도의 눈물이었다.

"오늘의 승리는 여러분들의 공로이고, 본사의 대표이사이자 메인 디렉터인 조나단의 공로입니다. 그는 이 시대 최고의 전략가이며 여러분들은 최고의 영웅들입니다. 저는 이 자리에 함께하고 있다는 것이 너무도 감격스럽습니다. 감사합니다."

박수 소리가 사무실을 가득 메웠다.

서구에서는 겸양의 미덕이 오히려 해가 된다는 걸, 김청수라고 왜 모를까.

그가 뉴욕의 패스트푸드점을 전전긍긍한 세월만 5년이었다.

"축하합니다! 브라이언!"

조나단이었다.

그가 제일 위층의 사무실에서 속보가 뜨자마자 내려왔다.

이번에는 조나단의 이름이 가득 채워질 차례였다.

"조— 나단."

"조— 나단."

조나단은 자신의 이름을 외치는 직원들을 향해 기꺼이 손을 흔들어 보였다.

조나단은 김청수의 첫인상을 분명히 기억하고 있었다.

선후의 말대로 패배자 몰골이었다.

믿음이 가지 않는 자였다.

이런 자가 이백억 달러 규모의 포트폴리오를 구상하고, 백여 명에 달하는 엘리트 트레이더들을 선두 지휘할 수 있다고?

학력도 경력도 초라하기 그지없었다.

조나단은 선후가 대체 이자의 뭘 보고 선봉에 세우라 했는지 이해할 수 없었다. 첫인상만 보면 그랬다는 것이다.

"나는 브라이언이 해낼 거란 확고한 믿음이 있었습니다. 이번 러시아발 금융 전쟁에서 가장 큰 수확은, 다름 아닌 우리의 브라이언 김입니다. 브—라이언! 브—라이언! 브—라이언!"

조나단이 그의 직원들을 향해 김청수의 이름을 외치기 시작했다.

사무실은 다시 김청수의 이름으로 채워지기 시작했다.

두 주먹을 꽉 쥐고 리듬에 맞춰서.

오늘은 이렇게 굴어도 되는 날이었다.

역사적인 승리를 거머쥔 날이 아닌가!

오랫동안 오늘이 회자될 거다.

경제학 교수들은 이번 전쟁을 기초로 논문을 쓰고 그들의 제자들을 가르칠 것이며, 또 그 제자들은 교수가 되어서 똑같은 걸 그들의 제자들에게 가르칠 것이다.

조나단과 김청수의 눈빛이 교차했다.

특히 월가의 사람들은 천재라는 단어를 가볍게 다루지 않는다.

하지만.

'천재……'

'천재……'

둘은 똑같은 생각으로 서로를 바라볼 수밖에 없었다.

*   *   *

물론 기쁘지 않을 수 없었다. 철없던 시절, 성공한 동기의 손에 이끌려 호기심에 마약에 손을 댔다가 오랫동안 고생했었다.

지금까지 크고 작은 승리들이 여러 번 있었지만, 부끄럽게도 질리언은 그때의 쾌락이 제일이라고 생각했었다.

한 알 삼킬 때마다 뇌를 한 수저 파내는 것과 같다던 마약.

하지만 그때 맛보았던 건 일시적인 쾌락이었다.

뒤가 끝없이 허망했고 자괴감에 시달렸다.

그러니까 지금 온몸을 다 떨리게 만들고 있는 이것은 진실된 쾌락, 대단한 승리를 거머쥐었을 때 느낄 수 있다는 천상의 카타르시스였다.

"왜 그렇게 참고 계세요. 오늘 같은 날은 발가벗고 뛰어다녀도 모두가 박수를 쳐 댈 거예요."

제시카가 말했다.

그녀는 역사적인 현장을 처음부터 끝까지 다 목격한 장본인이었다.

그래서 이해가 되지 않았다.

자그마치 150억 달러를 밀어 넣었던 전쟁에서 사상 초유의 대승을 확정 지은 날이다!

"……누굴까."

"투자 시안을 작성한 자들이요? 저도 그게 죽을 듯이 궁금해요."

"아니."

질리언은 열려 있는 문으로 걸어갔다.

맨 섬 투자 회사의 모든 직원들이 환호성을 지르고 있었다.

질리언 본인이 영입한 그의 옛 동기들, 동료들, 또 그들이 데리고 온 데스크팀들, 올 A+ 학점을 받고 졸업한 수습 매니저들.

질리언도 수백 명이 자아내는 흥분의 도가니 속으로 빠져들 뻔했다.

그러나 그는 문을 닫고 돌아왔다.

그러고는 제시카에게 말했다.

"네 녀석이라면 눈치채지 못했을 리가 없어. 말해 봐. 누구일 것 같아."

"……뉴욕 친구들에게 연락해 볼게요."

그걸 질리언이 막았다.

"전화 한 통이면 금방이지. 나라고 그걸 모를 것 같아?"

"보스께서는 그들이 신경 쓰이는 거죠?"

"그래. 우리 진영에 합류……."

"정확히 말하자면 합류가 아니었죠. 그들은 처음부터 같이 시작한 아군이었어요."

"그렇다 치고."

"뭐 어때요."

"뭐 어때요, 가 아니야. 오늘은 아군이었지만 내일은 적군이 될 수 있지. 지금부턴 그자들을 항상 경계하게 생겼어."

"쉬운 길을 놔두고 어려운 길을 가시려고요?"

"우리가 푼돈을 다루는지 알아? 언젠가는 부딪칠 수밖에 없어."

그때쯤 질리언은 대승전이 가져다준 흥분에서 빠져나올 수 있었다.

"그들은 단순히 러시아 파산에 발을 걸친 게 아니었다."

"그렇죠. 우리 같았어요. 목을 걸어 두고 나온 것처럼 극도로 공격적인 면이 많았죠. 우리에게가 아니라 반대 측 세력들에게요. 하지만 세상에 천재는 한 명이 아니잖아요. 다른 누군가도 강한 확신을 받았을 수 있었겠죠. 러시아가 파산할 거라고."

"메인 디렉터, 그 아래 총괄 지휘. 하나도 빠지는 구석이 없어."

"저는 그래서 호감이 가던데요. 마치 우리 같지 않았어요?"

"낭만에 젖기는. 네 녀석이 이 세계를 제대로 알려면 한참 남았어."

질리언은 얼굴을 구겼다.

그런 보스의 반응을 지켜보던 제시카가 조용히 구석으로 향했다. 뉴욕의 친구들에게 전화를 돌렸다.

대답을 들은 제시카는 말없이 서서, 질리언이 먼저 물어오길 기다렸다.

하지만 질리언은 제시카에게 관심이 없었다.

그녀가 뉴욕의 친구들과 나눴던 대화 소리도 들리지 않을 정도로 모니터 속에 빠져 있었다.

제시카도 질리언의 모니터를 골똘히 쳐다봤다.

화면 안에는 6월경에 모스크바에서 있었던 국채 판매 행사와 관련된 데이터들이 열려 있었다.

그리고 다른 모니터 하나에는 사진 하나가 큼지막하게 띄어져 있었다.

10억 달러의 러시아 국채를 매입하며 러시아 관계자와 실버만삭스 관계자들과 차례대로 악수를 나누고 있는 조나단의 사진이었다.

'역시, 이때부터였네.'

제시카는 그녀의 보스 또한 답을 찾았다는 사실을 깨달았다.

그때.

질리언이 화면 속 조나단의 얼굴을 툭툭 건드렸다.

"또 이 녀석이야. 조나단."

질리언은 정말로 인정할 수밖에 없었다.

그러자 엄청난 패배감이 몰려왔다.

본인은 투자 시안이 없었다면 지금의 대승리를 쟁취할 수 없었다.

매니저들의 전문 영역이 제각기 다른 법이라지만, 조나단에게는 예외였다.

심지어 그는 러시아가 망할 거라는 걸 확신하면서도 러시아 국채를 사면서 판을 키우기까지 했다.

그 사건으로 헤지 펀드 연합 세력을 끌어들일 수 있었고, 덕분에 이쪽의 수익률은 한계를 모르듯이 치솟고 있었다.

조나단 덕분이라고?

"하!"

질리언은 혀를 내두르며 자리에서 일어났다.

"이제 다 정리되셨나요?"

"그래."

제시카가 먼저 뛰어가 문을 열었다.

그러고는 주먹을 흔들며 흥분의 도가니 속으로 뛰어들었다.

물론 질리언의 이름을 외치면서였다.

"질— 리언!"
"질— 리언!"

*　　　*　　　*

여기.

헤지 펀드들에 대한 진실 하나가 있다.

'수익을 내기 위해서라면 한 나라를 공격하는 등, 어떠한 방법이든 마다하지 않는다.'

거기에서 헤지 펀드에 대한 많은 오해가 비롯되곤 한다.

많은 대중들은 헤지 펀드들을 광분한 보스 몬스터처럼 바라본다.

앞뒤 가리지 않고 공격만 해 댄다는 것 말이다.

하지만 대중들은 수익을 낸다는 것이 기본적으로 돈을 지키는 데에서 시작하는 법이란 걸 잊고 있다.

공격과 동시에 방어를 생각해야 하고, 전쟁에서 졌을 경우도 가정해야 한다. 헤지 펀드들은 미래를 내다보는 신이 아니기 때문이다.

그래서 헤지 펀드들의 포트폴리오는 무작정 공격적이지만은 않다.

돈을 따는 것보다 잃지 않는 것이 중요한 게, 비단 헤지 펀드 세계만은 아닐 것이다.

그렇게 공격성 자금, 안전성 자금 등 수많은 종류의 포트폴리오들을 합산한 결과.

이 시절 10억 달러 이상의 헤지 펀드들의 평균 수익률은 20%였다.

1년에 10억 달러로 2억 달러를 벌었다는 소리다.

자.

이제 우리 이야기를 해 보자.

작년 방콕에서 두 번의 기적이 있었다.

첫 기적에서 70000%의 수익률, 두 번째 기적에서 17800%.

그렇게 40만 달러가 2억 8천만 달러가 되고, 2억 8천만 달러는 500억 달러가 되었다. 아시아를 공격해 들어왔던 헤지 펀드 자금들은 정작 우리 주머니 안에서 집결했다.

그 뒤.

방콕 다음으로 이어지는 홍콩발 충격에 세계 은행들과 큰 내기를 벌이는 등으로 조나단과 둘이서 수익을 최대한 끌어내려 했다.

그렇게 고군분투했던 결과의 수익률은 30%. 150억 달러를 벌었다. 그것도 세계 은행들과의 내기에서 이긴 값을 더

한 것이다.

원 투자금 500억 달러의 1.3배.

여기서 생각해 볼 문제는.

통상적으로 10억 달러 규모의 헤지 펀드를 운용하기 위해선 1명의 메인 디렉터, 1명의 수석 매니저, 3명의 보조 트레이더가 필요하다는 것이다.

그렇게 한 개 데스크를 꾸린다. 전제 조건은 엘리트일 것.

그럼 500억 달러를 운용하려면 몇 명이 필요할까.

자금은 커질수록 운용하기가 힘들다.

성공한 헤지 펀드 창업자들이 잘나가던 펀드를 정리하고 투자 자금을 축소하는 이유가 거기에 있다.

십억 달러로 백 프로의 수익률을 내는 헤지 펀드가 백억 달러로 백 프로의 수익률을 낼 수 있을까? 만일 가능했다면 그 백억 달러로 백 프로의 수익률을 또 낼 수 있을까?

단언컨대 그런 일은 일어나지 않는다.

내 목을 걸 수도 있다.

가뜩이나 머리 아픈 숫자만 이야기해서 미안하긴 한데.

현실이 그렇다는 것이다.

마지막 문제.

역사상의 숫자가 달라지고는 있어도 나는 홍콩발 충격이 터질 걸 알고 있었다.

지금까지의 모든 조건들을 고려했을 때.

작년 말.

조나단과 나, 단둘이서 500억 달러로 기록한 수익률 30%는 많은 것인가. 적은 것인가?

＊　　　＊　　　＊

한 달여 간에 걸친 전쟁 끝에.

특수 작전을 수행했던 병사들은 전멸 수준이었다.

처음부터 살아 돌아오지 못한다는 것을 알면서 투입했다. 무엇 하나라도 살아 돌아오기만 한다면 기적이라 표현될 만했다.

방콕에서는 신의 절대적인 가호가 있었다.

그러나 이번 전쟁부터는 그런 걸 기대할 수 없어졌기 때문이었다.

특수병들이 맡은 임무는 하나였다.

방콕에서의 기적을 재현하라.

작전 지원금은 병사 하나당 5백만 달러.

총 1억 달러가 이번 특수 작전에 쓰였다.

결과는 하나 생존.

즉.

죽으라고 보낸 곳에서 기어코 살아 돌아온 게 있던 것이다.

위대한 병사의 이름은 유니콘이다.

「 계좌명 : 주식회사 유니콘 」

「 계좌 가치 : 579,500,000 $ 」

「 평가 손익 : + 574,500,000 $ 」

「 수익률 : + 11590 % 」

500만 달러로 무장한 병사 하나가 그 116배인 5억 7천만 달러 이상의 전리품을 가지고 돌아왔다.

특수 작전은 대성공이었다.

그 후로 모든 병사들을 불러들였다.

그것들이 이루고 있는 집단 규모는 제각기 달랐다. 어떤 집단은 중대 규모까지 뭉쳐져 있다.

그렇게 모든 포지션을 청산한 후의 총합 수익률을 계산하기 시작했다.

그리고.

"대략 300%. 90억 달러라…….."

삼십억 달러는 거래 수수료를 제하고도 수익금을 보태 120억 달러가 되어 있었다.

쾌재를 부르짖었다.

그러며 모든 조건들이 절묘하게 맞아떨어졌기에 가능했다는 걸 되새겼다.

첫째로 거대한 흐름의 유지로 러시아가 파산했고, 둘째로 역사와는 달리 전쟁이라는 단어가 쓰일 만큼 글로벌 헤지 펀드들이 제로섬 싸움에 집결했으며, 셋째로 본 투자 자금이 삼십억 달러였다.

작년 말.

조나단과 단둘이서 오백억 달러를 다뤘을 때는 어찌나 힘에 부쳤던지.

그때는 시간이 어떻게 가는지도 모르게 보냈다.

다시는 하고 싶지 않은 경험이다.

총 수익률을 계산한 흔적들을 바라보고 있노라니, 과거로 돌아왔음이 실감됐다.

방콕에서 신의 잭팟을 터트렸을 때에도 들지 않았던 기분. 그때는 전쟁이랄 것도 없었다.

옛날에 회사에 막대한 손실을 입힌 전적이 있었다.

1억 달러 이상의 손실이었다.

우리나라는 물론 전 세계가 호황이었던 시기였기 때문에 패배는 더 참담했다.

미 주가가 나날이 전고점을 뚫어 대던 시기에 그런 손실을 냈다니.

성공에 눈이 멀었다.

돌이켜 보면 소송을 안 당한 게 용한 일이다.

그래도 금융 매니저로서의 자질이 제법 괜찮게 알려지긴 했는지, 서울로 돌아와서는 우리나라 은행들의 적잖은 구애를 받곤 했다.

하지만 패잔병은 칩거에 들어갔고, 패잔병의 아버지와 대작을 하는 일이 잦아졌었지.

그때.

〈 썬! 〉

조나단에게 연락이 왔다.

그는 언제나 내 이름을 부르며 시작한다.

〈 계산 나왔어! 〉

목소리만 들어도 느낄 수 있었다.

〈 수익률 450%. 총 합산 900억 달러. 브라이언이 해냈어. 〉

조나단도 작년 말의 500억 달러가 어땠는지 겪어 보았다.

때문에 그의 목소리는 우리가 태국에서 첫 기적을 터트렸던 때만큼이나 흥분으로 가득 차 있었다.

〈 백만장자들이 속출하겠군. 〉

〈 그 녀석들은 황금 동아줄을 잡은 거야. 썬. 태양에서 내려온 줄이잖아. 〉

계약을 업계 최저로 설정해도 그랬다.

업계 평균이었던 성과 보수 20%를 특수 헤지 펀드, 블랙스완에 한해 1%로 한정 지었다.

당시 조나단의 말에 따르면 구 어소시에이츠의 매니저들 중에서는 구체적인 계약 내용을 다 들려주기도 전에 자리를 박차고 나가는 자들이 상당했다고 했다.

당연한 일이었다.

월가의 매니저들은 철저한 성과주의에 의해 살아가는 자들이니까.

저기는 여의도가 아니다. 월가다.

20만 달러의 연봉을 받는 자들도 연말 결산 성과로 제 연봉의 10~20배를 받아 가는 경우가 흔했다.

그러한 성과금을 받는 자들이 맨하탄 최남단에만 오천 명 이상이 깔려 있었고, 애초부터 구 어소시에이츠의 엘리트 매니저들도 그러한 무리의 일원이었다. 한때는 나 또한.

하지만 구체적인 계약 내용.

회사 순 자금과 미 연기금을 묶어 둔 특수 헤지 펀드에 한해서는 조나단 본인의 메인 디렉팅이 있으며, 손실에 대한 어떠한 책임도 묻지 않겠다는 사항들을 언급해 주면서 마무리 지을 수 있었다.

여기서 책임을 묻지 않겠다는 건, 인사 고과와 이후 자유재량으로 맡길 투자금의 비율에도 영향을 주지 않겠다는 뜻이다.

그래도 수익금이 엄청난 만큼 1%로 계산해도 무려 9억 달러나 된다.

〈 이번에 참가한 선수가 정확히 백 명이라고 했지? 〉
〈 브라이언까지 합쳐서 101명. 브라이언은 어떻게 찾아

낸 거야. 그는 타고났어. 〉

그들에게 성과금이 직급별로 분배될 것이다.
평균적으로는 개인당 약 구백만 달러씩.
눈앞의 잭팟에 비하면 적은 금액일 수도 있겠다.
아니군.
투자 수익금에 대한 법인세까지 제하면…….
그렇지 않아도 조나단이 그 건을 언급했다.

〈 그나저나 성과금이 문제가 아니야. 벌써부터 법인세
때문에 골치가 아프다. 사내 회계사들이 제안하는 회피 수
단을 총동원해도 20% 아래로 내려가질 않아. 통째로 180
억이나 되는 돈을 세금으로 떼일 판이야. 〉
〈 너, 애국 좋아하잖아. 〉
〈 이렇게 될 줄 알았으면 그때……. 〉

조나단이 무슨 생각을 하는지 알 만했다.
하지만 누군가는 양지에 나와 있어야만 한다.
모두가 다 조세 피난처를 떠돌고 있을 수만은 없다.

〈 질리언 쪽은 어때? 계산 나왔어? 〉

〈 아직이야. 〉

〈 브라이언이 이겼다는 데에 한 표다. 너도 여기에 같이 있으면 좋았을 텐데. 여긴 완전…… 미쳤어. 〉

〈 잠깐. 메일이 들어왔다. 〉

〈 질리언 쪽? 〉

나는 메일을 확인하며 말했다.

〈 너희가 졌다. 〉

*　　　*　　　*

제시카가 총괄부서에서 서류 파일을 받자마자 질리언의 집무실로 뛰어 들어왔다.

"계산 나왔어요!"

"풀어 봐."

하지만 서류를 보고 굳어 버린 제시카 때문에 질리언은 자리에서 일어나야 했다.

제시카가 넋 나간 표정으로 서류를 넘겼다.

「 합계 수익률 : + 615% 」

「 수익금: 92,250,000,000 $ 」

기존의 투자금 150억 달러를 더해.

회사 계좌에 1000억 달러 이상의 천문학적인 자금이 들어와 있었다.

"꾁…… 꾁장해요! 어느 정도 예상은 했지만 이렇게까지나!"

"호들갑 떨 것 없어."

제시카는 그녀의 보스를 감탄 서린 눈빛으로 쳐다보았다.

이렇게 막대한 숫자들 앞에서 냉정을 유지할 수 있다니?

그때 제시카는 질리언에게서 뭔가를 느꼈다.

보스의 감정은 냉정이 아니었다.

"이해할 수 없어요. 보스는 대체 무엇이 불만이신 거죠? 그거 병이에요."

제시카가 당돌하게 물었다.

"이걸로는 부족해."

"천만에요. 그런 생각이시라면 너무 과욕이신 거예요. 보스는 금융 역사에 한 획을 그었어요. 지금까지 어떤 헤지펀드도 이런 수익률을 낸 적이 없어요."

물론 조나단은 제외. 그의 수익률은 3억 달러 미만의 자금으로 이룩한 것이기 때문이다. 실로 대단하기는 하지만······.

질리언이 못마땅한 투로 말했다.

"굿긴 그었지. 150억 달러 전부를 공격에만 퍼부은 걸로."

"투자가 아니라, 투기였다고 말씀하시는 건가요? 제 생각은 완전히 달라요. 투기와 투자가 이익을 추구한다는 점에서는 같지만, 그 방법에 있어서······."

"계속해 봐."

제시카는 곧장 입을 다물었다.

이게 감히 누구를 가르치려고 들어? 그녀는 혼자 생각하고 혼자 얼굴이 새빨개졌다.

질리언의 입술이 천천히 열렸다.

한숨과 함께 나온 목소리는 역시나 무겁게 가라앉아 있었다.

"투자도 투기도, 모두 책임을 담보로 하지. 기대든 예상이든 엇나가는 순간 돈을 잃거든. 그런 게 책임인 거야. 돈보다 확실한 책임은 없잖아. 하지만 우리가 책임을 지고 있었던 게 있던가? 우리는 무엇도 책임지지 않았어."

볼펜을 쥐고 있던 질리언의 손에 점점 힘이 들어가기 시작했다.

볼펜이 떨린다.

"투자 시안에만 기초한다면 모든 돈을 잃더라도 자리 보존과 함께 똑같은 규모의 투자금이 다시 있을 거라는 약조까지 받았지."

"덕분에 공격적인 전략이 가능했죠."

"극단적."

"네. 극단적이며 공격적인 전략이 가능했죠."

"그래. 우리는 그런 걸 했어. 하지만 제시카. 세상 어디에도 손실에 너그러운 투자자는 없어. 더욱이 우리의 투자자들은 누구보다도 많은 돈을 가지고 있으면서도, 누구보다 손실에 인색한 자들이지. 그럴 수밖에. 그들에게 단 1%의 손해는 억 달러 단위의 손해니까. 하물며 전부를 잃어도 괜찮다고?"

질리언이 계속 말했다.

"그런데도 그들은 우리에게 면죄부를 주고 시작한 거야. 왜? 투자 시안이 예견 수준으로 완벽했거든. 투자 시안에만 기초한다면 누구라도 돈을 잃을 수 없었어."

"······."

"우리는 수익을 더 냈어야 했다. 제시카."

질리언이 머리를 쓸어 올렸다. 제시카는 그런 보스를 향해 속으로 외쳤다.

'여기서 어떻게 더요? 보스니까 그렇게나 끌어올릴 수 있었다고요! 보스께서는 무려 150억 달러를 지휘하셨다고요!'

그녀는 보스가 답답해 죽을 것 같았다.

"오늘 거울을 본 적 있나. 네 녀석이 어떤 얼굴을 하고 있는지 말이야. 너무 좋은 경험을 했어. 환상적이야. 많은 걸 배웠어. 나는 몇 단계나 성장했어. 어제의 내가 아니야. 블라블라. 너무 적나라하게 야하군."

"부정하지 않겠어요. 그래도 되니까요."

"이번 전쟁에서 배운 것들? 쓸모없어. 책임이 없는 투자라는 말만큼이나 모순된 게 없지. 그럼에도 쓸 만한 걸 배우고 싶다면⋯⋯."

"네."

"과거로 돌아가서, 최고 수석 매니저인 내 입장에서 궁리해 봐. 어떻게 했으면 지금의 수익보다 더 끌어올릴 수 있었는지."

"그건 보스께서 고민하시는 바 아닌가요. 맨입으로요?"

"나를 납득시킬 수 있는 방법을 생각해 낸다면. 그래. 투자자들을 설득해 주지. 자유재량을 주고 한도 10억 달러선까지."

제시카의 두 눈이 부릅떠졌다.

보스는 한 개 데스크의 수석 트레이더 자리를 말하고 있는 거였다.

천하디천한 병졸.

고작, 전화 서기에 불과했던 자신에게 말이다.

"제시카."

"네?"

"내 말을 허투루 듣지 마. 우리는 수익을 더 낼 수 있었어."

*　　　*　　　*

뉴욕과 맨 섬은 기대했던 대로의 수익이었다.

질리언와 김청수는 세계 경제를 쥐락펴락했던 글로벌 자산 운용사의 창립자다운 면모를 과시했다.

맨 섬엔 법인세가 일절 없다. 수익금 전부가 온전히 계좌에 꽂힌다.

거래 수수료와 성과금 등을 제외하고 나면 1060억.

그리고 뉴욕의 순 재산은 약 820억. 거기에 내가 관리하고 있는 역외 계좌들에 있는 120억까지 합치면……

2000억 달러.

동원할 수 있는 현금이 그 정도까지 불었다.

과거에는 없던 치열한 전쟁이었다.

전장 대부분이 제로섬 싸움으로 펼쳐졌었다. 우리가 딴 만큼 누군가는 잃었다.

그리고 파장도 그만큼이나 클 거라고 충분히 예측된다.

헤지 펀드 LTCM이 러시아와 함께 동반 침몰하는 것이 야 기존의 역사에서도 있었던 일이고, 또 세계적인 경제 위기로 치닫는 2008년 서브프라임 사태의 시발점이기도 하지만.

어떤 헤지 펀드와 은행들이 더 침몰하게 될까.

아! 이럴 때가 아니었다.

〈 우리가 졌다고? 〉

〈 맨 섬의 수익률은 615%다. 〉

〈 믿을 수 없어. 〉

〈 젠장! 그게 문제가 아니야. 가장 큰 것을 놓치고 있었어. 지금 시간이…… 좌석이 남아 있을지 모르겠군. 〉

〈 무슨 일인데? 〉

〈 사내 회계사들 긴급 소집해서 현금 쓸 수 있게 준비해 놓고, 이번 전쟁에서 크게 진 녀석들 목록 작성해 놔. 〉

〈 돈이야 그렇다 쳐도. 패배자 녀석들을 알아내는 건 하루 이틀 걸리는 일이 아니야. 재무부에서도 당장 못 하는

일을. 〉

〈 알아내라는 게 아니야. 녀석들 스스로 널 찾아올 거다.
이름만 적어 둬! 〉

*　　　*　　　*

조나단은 공항에 직접 마중 나오고 싶어 했지만 그럴 수
없었다. 비행기 탑승 직전에 했던 마지막 연락에서, 패배자
들의 행렬이 시작되었다는 것을 확인했다.

급한 만큼 서둘렀다.

입국 수속을 밟은 즉시 조나단에게 도착했음을 알렸다.

은밀한 장소에서 만나고 할 것 없이 월가로 향했다.

오백 미터 조금 안 되는 짧은 거리.

이 작디작은 거리가 세계 경제를 움직이고 있다. 교통 체
증 때문에 택시에서 내린 곳은 트리니티 성당 앞이었다.

"멋지지? 하지만 명심해. 패배자들은 저 성당의
무덤에 묻혀 버린다. 그래서 우리들은 이 거리를 기
름진 강물에서 시작해 무덤에서 끝나는 길이라고 부
르지."

유학 시절, 지금은 이름도 기억나지 않는 남자는 그렇게 말했다.

월가의 분위기는 참혹했다.

죽을상으로 길거리를 돌아다니고 있는 몇몇 매니저들이 보였다.

08년 세계 경제 위기 때와 흡사한 분위기였다. 저들 중 몇몇은 옛 남자의 말을 따라 트리니티 성당의 무덤으로 직행하게 생겼다.

경제 전문 기자들로 보이는 사람들만큼은 그나마 나았다.

그들 앞을 스쳐 지나가면서도 몇몇 단어들이 명확히 들렸다.

파산. LTCM. 시장 붕괴. 위기 확산. 러시아.

이러니 아이러니할 수밖에.

미국에서는 항시 러시아를 경계하고 그들의 핵폭탄 수를 논해 왔으나. 정작 미국의 경제 중심지를 공격해 들어온 건 핵폭탄이 아니라 그렇게나 신봉해 온 자본주의였다.

그러나 뉴욕 본사는 입구부터 웃는 낯들이 펼쳐지기 시작했다.

문 하나 차이로 지옥 같은 던전과 천국 같은 현실이 나눠져 있는 격이었다.

로비 안내원에게 선약이 있음을 통보했고 응접실로 향했다.

나 외에도 조나단을 기다리고 있는 사람들이 셋이나 더 있었다.

그들 셋은 철저하게 월가의 분위기를 풍기는 사람들로, 각기 다른 회사에 재직 중이지만 서로를 잘 알고 있는 듯 보였다.

낯선 동양계 청년이 들어오자 그들의 반응은 뻔했다. 하던 대화를 멈추고 지참해 온 서류들을 검토하는 것이었다.

잠시 후.

닫혀 있던 사무실 문이 열렸다.

남자 셋이 동시에 자리에서 일어났다.

조나단과 함께 나온 남자가 조나단과 악수를 하고 헤어진 후, 사무실 문은 다시 닫혔다. 비서가 우리에게 다가왔다.

"에단. 들어가세요."

비서의 말에 남자 셋의 시선은 당연히 내게로 쏠렸다.

넌 뭔데 늦게 온 주제에 왜 우리보다 먼저냐는 거다.

"어제부터 정신이 하나도 없어. 어서 와."

조나단이 넥타이를 풀어 헤쳤다. 그는 자켓도 벗어서 서울에서처럼 아무렇게나 던져 버리고는 의자에 비스듬히 걸쳐 누웠다.

"조금 전에 나간 대머리 녀석 봤지? LTCM 녀석이야.
20억 달러를 빌려 달라더군. 그러면서도 끝까지 경영권 이
상의 지분은 이야기하질 않아. 감독권까지만 양보하겠다는
투인데, 다들 그런 식이야. 이 새끼들은 본인들이 자처해
놓고 끝까지!"

조나단이 분통을 터트렸다.

본인도 월가의 사람이라면서, 월가라면 치가 떨린다는
식이었다.

"뭐 마실래?"

"됐고, 시간 없다. 명단 뽑아 놨어?"

조나단이 책상 서랍에서 서류 하나를 꺼냈다. 거기에 롱
타임캐피털의 이름을 추가한 뒤 내게 내밀었다.

"생각보다 심각해. 당국에서는 LTCM만 해도 골치가 아
플 텐데, 거기 적힌 녀석들 좀 보라고."

그러니까 누군가는 이것을 구조 요청 명단이라고도 부를
수 있겠지만.

엄연히 따지면 구걸 명단이다.

서류에 적혀 있는 이름들은 불과 며칠 전까지 우리의 적
이었다. 소모전으로 그친 게 아니라 전면전이었다. 존폐 위
기까지의 사활을 걸고 양측 다 모든 병력을 투입했다.

그랬던 적들이 이제는 목숨만은 살려 달라고 외치고 있었다.

파산만큼은 피할 수 있게, 돈을 빌려 달라는 것이다.

"……."

서류를 확인한 나는 할 말을 잃었다.

명성 높은 은행들, 헤지 펀드들의 이름이 가득했다.

그들만 파산하고 끝나는 게 아니니 문제다.

그들과 얽혀 있는 민간 자금, 연기금, 국가 채권, 파생 상품들이 수백, 수천조 달러의 규모를 형성하고 있다.

그것들이 일시에 터져 버린다면 08년 세계 경제 위기보다도 더 큰 위기가 올 가능성이 높았다. 이것이야말로 핵폭탄이 되겠구나 싶었다.

그때 벽 구석으로 모니터가 보였다.

"볼륨 좀 키워 봐."

모니터 속 미 재무부장관의 목소리가 점점 커졌다.

"세계는 지금 70년 만에 최악의 금융 위기를 경험하고 있는지도 모릅니다."

87년의 블랙 먼데이를 겪어 본 장관이 더 큰 위기를 논하고 있었다. 장관이 언급한 70년 만의 최악의 금융 위기란 29년의 대공황이었다.

나도 같았다.

조나단 역시 사태의 심각성을 잘 알고 있는 까닭에, 표정이 어두웠다.

여기가 분기점이었다.

모니터를 꺼 버린 다음 조나단과 마주해 앉았다.

우리는 구걸 명단을 함께 바라보았다.

"탐욕 덩어리 새끼들. 죽어 가는 와중에도 손에서 돈을 놓을 생각이 없어. 그 때문에 어떤 일이 벌어질지도 뻔히 알면서. 개자식들."

조나단의 눈매가 사나워져 있었다. 그는 진심으로 화가 나 있었다.

러시아 금융 전쟁은 우리가 촉발시켰지만, 우리는 어디까지나 승리자였다. 패배자들이 죽어 가며 뿜어낼 독운(毒雲)까지 우리 탓으로 돌릴 만큼 우리는 아마추어가 아니었다.

"어제부터 계속 미팅이었지?"

"그래. 이 새끼들."

조나단은 지금껏 참고 있던 분통을 내 앞에서 터트리고 있었다.

과거로 돌아와서는 두 번째였다. 피에 굶주렸던 야수 시절의 조나단과 똑같은 눈빛이, 지금의 두 눈에서 빠르게 번뜩였다가 사라졌다.

"이 새끼들이 자초하고 있어."

"모든 일정 끊고 오늘은 이쯤 끝내."

"후—"

"이 녀석들도 현실을 직시해야지. 계속 구걸하러 다니다 보면 가르쳐 주지 않아도 절실히 깨닫게 될 거다. 어디에서도 돈 나올 구석이 없다는 걸."

"재무부와 중앙은행에서 개입할 거야. 그만큼이나 심각해."

헤지 펀드 대부분이 조세 피난처에 본부가 있다.

엄밀히 말해 이 녀석들은 미국의 기업이나 은행이라고 할 수 없는데, 미 재무부에서는 이들을 구제해야만 하는 처지에 놓였다.

과거에도 미 당국이 LTCM을 살려 준 것을 두고 얼마나 말이 많았던가.

"당국이라고 다 살려 줄 수는 없지. 우리에게 손을 벌릴 수밖에 없어. 정확히는 네게 말이다."

"마음 같아선 살려 주고 싶지도 않다. 이런 새끼들은 무덤으로 가야 돼."

"질리언을 여기로 초청해. 내가 중간에서 다리를 놔 줄 테니까."

"쳇……."

조나단이라고 모르지 않을 것이다.

우리에게 얼마나 큰 기회가 왔는지!

러시아 금융 전쟁에서는 돈과 명성을 얻었지만, 이번 기회로 우리는 그것들의 전부를 손아귀에 넣을 수 있을 것이다.

거미줄처럼 엮여 있는 온갖 자금들은 당연하고.

그것들의 역사와 시스템 그리고 사람들까지 모조리 말이다!

그것들은 영지 전부를 잃는 셈.

그럼에도 조나단이 불만에 차 있는 이유는 지난 하루 동안 그들의 탐욕과 직접 마주해 왔기 때문이었다.

본격적인 회의에 들어갔다.

이윽고.

파산 직전인 은행과 헤지 펀드들 중에서 알짜배기를 골라내는 작업 등을 마치며 몸을 일으켰다.

"조나단. 바로 공략 들어가라."

*　　　*　　　*

당장 공략에 들어가야 할 사람은 조나단뿐만이 아니다.

나도 큰일을 앞에 두고 있었다.

우리나라로 돌아와 다시 찾은 사무실.

조용히 그러나 떠날 준비를 마친 우연희가 차 키를 흔들어 보였다.

우리는 그 길로 고속도로에 진입했다.

화성으로 빠지는 길을 그대로 스쳐 지나갔다.

김제로 향하고 있었다.

우연희의 기억을 쫓아 김제 야산을 오랫동안 돌아다닌 끝에.

내게도 메시지가 떴다.

[던전을 발견 하였습니다.]

우연희도 스스로 던전을 발견한 전적이 있기 때문에 탐험자 특성을 획득한 상태다. 그녀와 나는 동시에 서로를 바라보았다.

우리는 예정돼 있던 일들을 시작했다. 포인트 반경에 낚싯줄로 표시해 놓고 오면서 준비한 푯말도 꽂아 넣었다.

서울로 돌아오는 길에는 일주 건설의 최 사장에게 연락했다.

그때 나는 이 사전 작업들이 일종의 의식이 될 거라 직감했다.

살아 돌아온다. 던전 공략까지 다 완수해서!

그러니까 나는 F급 던전에 들어가기 전에 다음에 도전할 던전의 공사를 미리 진행하고 있었다.

"화성 정신 병원은 이런 식이었구나."

통화가 끝나고 한참 후에야.

우연희가 입술을 뗐다.

"내일이다. 우연희."

"내가 따로 준비해야 할 건 없어?"

"잠이나 실컷 자 둬. 내일부턴 제대로 마음 놓고 잘 수 없을 거다."

"그리고?"

"원한다면 유서도 남겨 두는 게 좋겠지. 살아 돌아올 수 있는 가능성보다 못 돌아올 가능서이 더 큰 게, 현실이다."

하지만 러시아 금융 전쟁에서도 당연히 죽었어야 할 특수병 하나는 막대한 전리품을 가지고 돌아오기까지 했다.

이번에는 내 차례다.

Chapter 6.

[우연희가 파티에 합류하였습니다.]

"들어가기 전에 명심해. 리……."

제 몸만큼이나 큰 배낭을 짊어지고 한 손에는 석궁을 쥔 우연희는 그래도 김제 야산 당시처럼 비틀거리고 있진 않았다.

그녀가 중심을 제대로 잡되 떨리는 목소리로 먼저 대답했다.

"리더의 지시는 절대적이다."

"네가 죽으면 내가 죽고, 내가 죽으면 네가 죽는 거다.

내 모든 지시는 우리 공동의 목숨을 위한 것이란 것도 명심해라."

"난 준비됐어."

"들어간다."

내가 먼저 푸른 막 아래로 발을 뻗었다.

푸른빛이 닿지 않아 어둠에 잠겨 있던 부분까지 내려왔다.

우연희의 긴장한 목소리가 등 뒤로 부딪쳤다.

"떴어. F급 스킬 개안(開眼), 퀘스트 세 개."

"입구 방으로 진입한다."

끼이익—

듣기 싫은 소리가 울렸다.

입구 방은 대체로 안전하기 마련이고 지난 경우에도 그랬다.

역시나 지독한 어둠만이 우리를 기다리고 있었다.

벽을 따라 방문 수부터 확인했다.

던전이 리셋되면서 두 개였던 방문은 한 개로 변해 있었다.

선택의 여지가 없었다.

이 문을 열고 나가야 한다.

그때 우연희는 지도를 그리고 있었다. 지도 속의 선들이 삐뚤빼뚤하니, 종이는 볼펜과 함께 떨리고 있었다.

그런 우연희를 향해 말했다.

"긴장도 두려움도 당연해. 놈들과 마주치면 울어 버리거나 비명을 지르기도 할 테고. 첫 전투에서 그런 것들은 자연스러운 일들이다. 단, 가시거리 밖으로 이탈만 하지 마라. 당장 네게 걸고 있는 기대는 그 정도밖에 없어. 큰 걸 바라는 게 아냐."

"알겠어."

우연희는 내 어깨 너머를 바라보며 대답했다. 말수가 부쩍 줄었다.

"첫 번째 통로에 진입한다."

나는 우연희의 시선이 맺혀 있는 나무문을 밀면서 말했다. 함정은 설치되어 있지 않았다.

통로는 입을 다문 우연희만큼이나 고요한 상태였다.

그러나 아주 잠깐이었다.

몇 발자국도 걷지 않았던 어느 순간. 이쪽으로 달려오는 소리들이 울리기 시작했다.

숫자는 많지 않다.

저번과 같은 셋 많으면 넷까지도 계산에 넣어 뒀다.

내 왼손에는 단검이, 오른손에는 장검이 쥐어져 있었다.

침착하게 기다렸다.

곧 가시거리 안으로 흉악한 이빨과 함께 진입한 대가리가 있었다.

쉐엑—

단검이 허공을 갈라 놈의 미간에 정확히 적중했다.

놈은 단검이 박힌 채로 몸을 던지고 있었다.

뒤로 거리를 벌려 버리자 놈이 목표했던 지점 위를 나뒹굴었다. 거리를 벌리기 전에 본시 서 있던 곳, 거기로 나를 올려다보는 놈과 눈이 마주쳤다.

콰직!

놈의 얼굴 밟아 버리자 뒤쪽에서 '읍!' 하는 여자의 목소리가 터져 나왔다.

그때도 달려오는 소리가 가까워지고는 있지만 가시거리 안으로 당장 들어와 있는 녀석이 없었다. 좋다. 배치 간격에 여유가 있었다.

허우적거리는 녀석의 손을 밟고 단검을 빼냈다. 사망 메시지가 뜨지 않았기에, 녀석의 얼굴을 밟아 대면서 전방을 주시했다.

콰직! 콰직! 콰직!

[데클란 정찰병을 처치 하였습니다.]

[1 포인트를 획득 하였습니다.]

[누적 포인트 : 163]

[데클란 퇴치 : 데클란 병사 처치 33/60]

두 녀석이 동시에 진입하던 순간 나도 지면을 박찼다.

그때 나는 양손에 장검과 단검을 쥔 이도류를 유지하고 있었으나, 애초부터 이도류를 구사할 생각은 아니었다.

단지 쥐고 있는 것뿐이다.

앞서 있던 놈의 가슴에 찔러 넣은 장검을 회수하지 않았다.

최대한 민첩하게 장검의 검자루에서 손을 뗐다.

옆으로 비켜서는 그 찰나.

세 번째 놈의 손길이 바로 따라붙었다. 회피하기에는 늦었다는 걸 직감했다. 녀석이 달려오던 속도가 너무나 빨랐다.

내 얼굴을 움켜쥐려는 손짓과, 녀석의 얼굴에 단검을 거꾸로 쑤셔 박으려는 내 손짓이 교차했다.

고개가 꺾여 버리며 순간 앞이 캄캄해져 버렸지만.

푸욱.

손끝에서 제대로 된 감각이 번졌다. 그때는 놈의 달려오던 힘을 못 이겨 중심이 뒤로 넘어가고 있던 순간이었다.

쿵!

마지막 순간에 녀석을 뒤집을 수 있었다.

놈의 손은 내 얼굴을 다 덮을 만큼 크다. 그러나 벌어져 있는 손가락 사이로 놈의 얼굴이 보인다.

어떻게든 되는 대로 물어뜯으려는 이빨들이 딱딱거리고 있었다.

그러며 나를 밀어내려고 발버둥 쳐 대기 시작했으나, 오히려 박혀 있는 단검에 의해 온갖 군데가 사정없이 그어지는 건 당연한 일이었다.

[우연희가 육체 치료를 시전 하였습니다.]

[상처가 소폭 회복됩니다.]

놈의 손을 뿌리치고 상체를 세울 수 있었다.

그러고는.

푸슉! 푸슉! 푸슉!

내 단검이 놈의 가슴을 제집처럼 쉼 없이 오고 갔다. 단검을 뽑아내고 박을 때마다 튀는 핏물들이 허공에 나부꼈다.

사망 메시지가 뜬 후에도.

푸슉!

놈의 가슴에 단검을 한 번 더 쑤셔 넣어 준 후에 일어났다.

얼굴에 흥건히 튀긴 핏물부터 쓸어내렸다.

그 다음이 우연희였다.

그녀는 뻣뻣하게 선 채로 이쪽의 끔찍한 광경을 피해 눈을 깜박거리지도 않았다. 강인한 의지로 충격을 이겨 내고 있다고? 아니, 그 반대다.

얼어붙어서는 눈동자만 내 움직임을 따라 조금씩 움직이고 있었다.

저런 상태로도 용케 스킬을 쓰긴 했다.

필요한 순간은 아니었지만, 재사용 시간이 짧은 스킬이라 상관없었다. 그게 바로 힐러의 위엄이 아니던가.

우연희에게 내 등 뒤를 엄지손가락으로 가리켜 보였다.

거기에는 완패한 헤지 펀드와 은행들 같이 숨만 유지하고 있는 녀석이 쓰러져 있다.

장검에 꿰뚫린 채로.

"네 손으로 끝내."

내 단검을 넘겨줄 필요까진 없었다.

우연희의 허벅지에도 단검집이 매달려 있으니, 그녀는 거기에서 단검을 뽑아 마무리 짓기만 하면 됐다. 칼 쓰는 법 정도는 가르쳐 주었다.

전투 불능 상태에 빠진 놈의 숨통을 끊어 놓는 것.

그건 아주 쉬운 일이지만.

그래.

또 그만큼이나 아주 어려운 일이다.

견졸은 개새끼의 머리를 달고 있기는 하나 몸체는 사람이다.

설사 몸체가 우리와 닮지 않았다고 해도, 민간인들에게는 커다란 생명체를 죽이는 것 자체가 소름 끼치는 일이다.

하지만 우연희는 해야만 한다.

그녀는 내 시선을 따라 제 허벅지에 달고 온 단검을 천천히 뽑았다. 그러고는 느릿한 발걸음을 움직였다.

꿈틀거리고 있는 몬스터 옆에서 우연희는 우두커니 섰다.

뒷모습뿐이라 얼굴은 보이지 않지만, 죽어 가는 몬스터를 어떤 표정으로 내려다보고 있을지는 너무나 뻔한 일이었다.

거기에 대고 뇌까렸다.

"가슴. 부위는 상관없다. 있는 힘껏 쑤셔 넣어."

그렇게 크게 말한 것도 아니었다.

하지만 주위가 너무도 적막했기에 내 목소리만이 웡웡 퍼져 나갔다.

그리고 우연희는 그 속에서 굳어 있었다.

아직 무리인가 싶었다.

어차피 힐러인 제 역할을 잊지만 않는다면 차차 익숙해 질 수 있는 일이긴 하다. 과연 던전이 그때까지 우연희를 기다려 줄지는 모를 일이다만.

그래서 우연희에게 다가가는데 그녀가 부쩍 커진 목소리 를 냈다.

"기!"

기어들어 가는 목소리를 흘려보냈다.

"기다려 줘……."

우연희가 무릎을 꿇었다. 그리고 그날 세면실에서 그랬 던 것처럼 단검 끝을 꿈틀거리고 있는 놈의 복부에 올렸다.

우연희가 있는 힘껏 제 체중을 실었다.

[1 포인트를 분배 받았습니다.]

[데클란 퇴치 : 데클란 병사 처치 35/60]

몬스터를 향해 기울어진 우연희의 뒷모습은 한없이 조용 했다.

그러나 내게는 마치 울부짖고 있는 것처럼 보였다.

"정신 똑바로 차리고 따라와."

저편으로 던전 박스가 보였기 때문이었다. 거기서 튀어나온 건 저주가 아니었다.

스킬, 철갑.

신체 부위 한곳을 단단하게 강화시켜 주는 이 스킬은 견졸들의 날카로운 이빨을 보다 확실하게 막아 줄 것이다.

* * *

우연희는 손가락 끝에 머물러 있는 끈끈한 촉감을 신경쓰고 있었다.

손가락끼리 마주 댔다가 뗄 때마다.

약간의 점성이 있는 핏물이 길게 늘어졌다.

"피가 붉어. 우리처럼……."

뭐라고 대답해 줄까. 녹색일 줄 알았나? SF 영화나 판타지 영화에서 괴물들의 피가 녹색으로 표현되는 건 별것 아니었다.

그래야 심의를 잘 받을 수 있으니까. 19금짜리가 15금으로 내려간다.

하지만 여기는 던전이고 현실이다.

그때 우리는 입구 방에 되돌아와 있었다. 일전에 설치했던 트랩보다 더욱 신경 쓴 트랩을 설치하는 중이었다.

"우연희."

그녀는 말없이 쳐다보는 것으로 대답을 대신했다.

"통로에서는 잘했다. 그 와중에서도 스킬을 썼던 건."

그런데 우연희는 내가? 라는 눈빛이었다.

뭐.

그래도 이 정도면 합격이다.

몬스터를 처음 마주하게 되는 시작의 장에서는 별 녀석들이 많았다.

이상한 소리를 지껄이며 뛰어다니는 것들, 엄마만 찾는 것들, 몬스터와 싸워 보려는 녀석들의 등에 달라붙어 떨어지지 않는 것들.

특히 건장한 남자들에게 어떻게든 해 보라고 소리쳐 댔던 것들은 남녀노소 구분이 없었다.

트랩 설치가 끝났다.

발동 장치를 절대 건드리지 말라는 경고를 구태여 할 필요가 없어 보였다.

그 징도는 신속 숙지시키고 들어왔으며, 트랩으로 옮겨진 우연희의 시선도 조심해야 한다는 걸 되새기는 듯 보였다.

우리는 다시 움직였다.

입구 방으로 방향을 틀었었던 통로 끝.

첫 번째 방으로 들어가는 문 앞까지 되돌아왔다. 저번에는 이 방에서 근 이십 마리에 가까운 것들이 쏟아졌었다.

우연희에게도 당시의 일을 들려줬기 때문일까.

그녀는 한풍 속에 발가벗겨진 채로 세워진 아이처럼 바들바들 떨고 있었다.

전방을 향해 겨누고 있는 석궁은 단지 쥐고 있는 수준밖에 되지 않았다.

문을 밀기 전 우연희의 귓가에 대고 속삭였다.

"스스로 통제하는 게 힘에 부친다면, 어떻게 하라고 했었지?"

집중.

우연희가 소리 없이 입술로만 대답해 보였다.

"네가 정신계라는 걸 잊지 마라."

정신계. 그들의 진정한 힘은 대상의 감정을 공유하는 데에서 나온다.

"내게 집중해."

그 속삭임을 신호로 우연희의 떨리던 몸이 진정되기 시작했다.

*　　　*　　　*

처음 보았을 때.

그러니까 어둠 속에서 괴물들이 뛰어나왔을 때.

우연희의 세계가 처음으로 무너졌다.

우연희는 본인의 상상력이 얼마나 보잘것없었는지를 그때 깨닫고 말았다.

무던히도 여기와 괴물들을 상상해 왔었다. 하지만 괴물들의 소리와 냄새 그리고 무지막지한 속도는 계산되어 있지 않았다.

선후의 노트 속에 그려져 있던 그림들은 진짜 공포의 존재가 되어 현실로 튀어나왔다.

괴물들에게서 어렴풋하게 전해져 오는 감정들도 덧붙여져 있었다. 선후를 향한 극도의 갈증과 분노는 너무도 소름끼쳤다.

우연희의 세계가 두 번째로 무너진 때는, 선후가 괴물을 깔고 앉아 괴물의 가슴에 쉼 없이 단검을 찔러 넣었을 때였다.

선악(善惡)의 대결이 아니었다.

서로를 죽이기 위해서는 무슨 짓이든 마다하지 않는, 생존 본능으로만 가득 찬 공간이 되었다.

거기에서는 괴물과 인간을 구분 짓는 잣대가 존재하지 않았다.

그렇게 한 명이 살아남아.

적의 피를 뒤집어쓴 남자는 그녀가 알던 사람이 아니었다.

남자가 제 얼굴에 흥건한 피를 쓸어내리며 그녀 쪽으로 다가왔을 때, 우연희 본인은 머릿속이 새하얘져 버려 아무것도 못 했다.

그리고 지금.

우연희의 세계가 세 번째로 무너지고 있었다. 문 뒤에 버티고 선 남자와 남자의 어깨 너머로 보이는 광경들 때문이었다.

남자의 어깨 너머에서 보이는 모든 것들이 전부 괴물이었다.

진즉 들어서 알고는 있었으나 다 소용없었다.

저 어둠 바깥에서도 부딪쳐 오는 괴성들뿐만 아니라, 남자를 죽이지 못해 안달 난 손짓들까지.

우연희는 누구나 한 번쯤은 생각해 봤던 지옥과 마주하고 있다고 생각했다.

불구덩이 대신 어둠.

죄인들의 비명 대신 괴물들의 울음소리.

남자 앞으로 악마들의 시신이 쌓여 가고 있었다.

"힐!"

앞에서 소리가 터졌다.

우연희는 스킬을 시전했다.

남자가 했던 말 중에 그 말만큼은 절실하게 느낄 수 있었다.

'내가 죽으면 네가 죽는 거다.'

남자가 죽으면 자신이 죽는다. 남자의 시신을 뛰어넘으며 밀어닥칠 괴물들이 죽어도 죽어도 계속 채워지고 있었다.

어느 순간부터는 보호막이 되어 주고 있는 남자의 등이 눈에 들어오지도 않았다.

남자의 어깨 너머와 남자에게 가로막혀 조그마한 공간만을 허락하고 있는 문틈. 거기에서 번뜩여 대는 괴물들의 눈만 보였다.

그것들에 가득 차 있는 건.

원시적인 살의였다.

우연희는 몸서리쳤다.

진입 전, 잠시나마 진정하는 네 성공했었던 그녀의 몸이 다시 떨리기 시작했다.

이빨이 딱딱 부딪치고 귀도 먹먹했다.

그녀의 세계는 더 이상 무너질 게 없는 지경까지 치닫고 있었다.

바로 그때.

"악!"

외마디 비명 소리가 귀청을 때렸기 때문이었다. 괴물이 아닌, 사람의 소리가 틀림없었다.

괴물들로부터 문을 막아서고 있는 유일한 사람!

남자의 비명이었다.

[스킬을 시전 할 수 없습니다.]

[재사용 시간: 03:30]

우연희에게는 마리의 손길이라는 스킬이 남아 있었다. 하지만 스킬을 시전할 수 없었다.

남자가 가까스로 버티고 서 있으나, 잠깐 남자가 흔들렸을 때 틈을 비집고 나온 괴물이 있었던 것이다.

"읍!"

우연희는 괴물과 눈이 마주치고 말았다.

괴물의 판단은 너무도 빨랐다.

뇌력이 번뜩이는 남자의 단검을 훌쩍 피하더니 그대로 우연희를 향해 몸을 던지는 것이었다.

"안 돼!"

우연희가 소리쳤다.

괴물에게 외친 게 아니었다.

과연 남자에게 그럴 마음이 있을는지는 모를 일이다만, 남자가 자신을 구하려 마음먹는 순간.

그렇게 자리를 이탈하는 순간.

벌어질 일이 너무도 뻔했다. 괴물들이 쏟아져 버릴 것이다.

그 직후였다.

"……."

우연희는 제 앞에 쓰러진 괴물을 내려다보고 있었다. 석궁 화살이 박혀 있다.

괴물 하나가 빠져나오고, 남자를 향해 안 된다고 소리친 것까지는 기억이 났다. 그런데 너무 급작스럽게 일어난 일이라 괴물에게 석궁을 어떻게 쐈는지는 기억에 없었다.

지금만 해도 그렇지 않은가! 우연희가 정신이 번쩍 들었던 그때는, 괴물의 가슴에 단검을 찔러 넣고 있던 때였다.

우연희가 화들짝 놀라서 몸을 일으켰다.

"우연희!"

앞에서 터진 소리에 앞을 쳐다봤다. 남자는 우연희와 우연희의 발밑에 죽어 있는 괴물을 확인하자마자 고개를 돌렸으나.

그 찰나에 우연희는 남자와 교환한 눈빛에서 남자의 목

소리를 읽을 수 있었다.

잘했다. 우연희.

세 번에 걸쳐 무너졌던 우연희의 세계가 복구되는 시점
이었다.

우연희는 선후의 뒷모습을 바라보며 석궁에 화살을 걸었
다.

* * *

[데클란 퇴치 : 데클란 병사 처치 54/60]

[누적 포인트: 184]

첫 번째 방에 배치되어 있던 녀석들은 열아홉이었다. 퀘
스트 완료까지 여섯 마리가 남았다.

마지막 사망 메시지 이후로 튀어나오는 녀석은 따로 없
었다.

견졸들은 지능이 있긴 하지만.

적과 동료들의 죽음을 앞에 두고, 어둠 속에 잠복해 있을
만큼은 아니었다.

"클리어."

우연희에게 돌아왔다.

그녀의 앞쪽에도 보기 싫은 시신이 놓여 있었기 때문에, 당장 주저앉고 싶은 걸 참고 첫 번째 방 내부로 들어왔다.

정확히는 문 앞쪽으로 즐비해 있는 시신들이 보이지 않는 곳까지.

그제야 바닥에 주저앉을 수 있었다.

불쑥.

피가 묻은 작은 주먹이 시야 안으로 들어왔다. 펴진 손바닥 안에는 그녀에게도 준비해 주었던 알약 하나가 올려져 있었다.

아직 단검에는 오딘의 분노가, 왼팔에는 철갑 스킬 효과가 남아 있긴 했으나 이대로 다음 통로에 진입하는 건 있을 수 없는 일이다.

알약을 물 없이 삼키고 뒤로 뻗었다.

"계속 치료해. 눈 좀 붙이고 있을 테니까."

당장 잠이 오는 건 아니었다.

거기다 놈들에게 입은 부상 부위에서도, 비록 마약성 진통제로 한풀 꺾이긴 했으나 통증이 잔존해 있는 곳이 있었다.

화끈거릴 때마다 직전의 광경들이 스치고 지나갔다.

우연희를 지켜야 한다는 생각은 사치였다.

전투에 돌입한 순간 그녀를 머릿속에서 지우고 시작했다.

그 다음부터는 매 순간 임기응변에 목숨을 걸어야 했다.

놈들과 피부가 맞닿을 만큼 서로 부대꼈던 전투였다.

물리고 쑤시고, 할퀴고 긋고.

그래도 전투다운 전투였다.

비록 나약한 짐승들끼리 먹이 하나를 두고 다투는 형세였다고는 하나 지금의 능력치와 머릿수로는 어쩔 수 없는 일이니, 마음 쓸 일이 아니었다.

등급이 높아지면 지금의 아수라장을 피할 수 있을 것이다.

그때까지만……

　[우연희가 육체 치료를 시전 하였습니다.]
　[상처가 소폭 회복됩니다.]

눈을 감고 있어 시야라고는 없어도.

언제나 그렇듯 메시지가 끼어든다.

애송이 힐러가 제 역할을 다하고 있었다.

등급이 낮은 무리일수록 힐러가 가장 빛을 발하는 순간이 바로 이러한 정비 시간이었다.

문득 한 마리를 놓쳤던 순간이 떠올랐다. 놈은 전투 불능에 가까운 부상을 입고도 용케 내 공격을 피해 우연희에게 달려들기까지 했다.

우연희가 처리할 수 있을 거라고 판단했다. 그래서 자리를 이탈하지 않았고, 우연희는 기대했던 대로 놈의 숨통을 끊어 놓았다.

이 애송이 힐러가 기특한 이유는 그때 터트렸던 목소리에 있었다.

"안 돼!"

그건 분명히 내게 외쳤던 소리였다.

내게 자리를 이탈하지 말라던 거였다.

애송이 주제에.

어쨌든 전투가 성공리에 끝났고 승리의 의미는 컸다.

사냥이라고까지 말할 수 있는 단계는 아니었다.

하지만 역경자를 터트리거나 인장을 소비하지 않아도, 개체 수 19 정도의 방 하나를 클리어할 수 있음을 확인했다.

얼마나 지났을까.

통증들이 느껴지지 않았다.

치료가 마약성 진통제가 먹혀들어 갈 정도까지 진행됐다.

비로소 제대로 눈을 붙일 수 있을 것 같았다.

*   *   *

우연희의 목소리가 바로 머리맡에서 들렸다.

눈을 뜨며 다시 물었다.

"뭐?"

"적용 불가 메시지가 떠."

확실히 몸 상태가 많이 좋았다.

철갑이 적용되지 않았던 오른팔의 경우, 자칫 검을 놓칠 만큼 타격을 입었던 적이 있었다.

마약성 진통제로도 그쪽 통증만큼은 끝까지 먹혀들지 않았었는데 지금은 가뿐하다.

주먹을 쥐었다 펴고 있을 때 우연희가 말을 덧붙였다.

"치료가 끝났어. 동시에 박스도 하나 떴고. '각성자 최초로 부상 입은 파티원을 완치하였습니다.' 실버 박스야."

석궁을 쥐지 않은 그녀의 빈손에 기존에는 볼 수 없었던 목걸이 하나가 들려 있었다.

우연희는 기다렸다는 듯이 목걸이를 내게 내밀어 보였다.

[속박의 메달 (아이템)

효과: 대상을 속박합니다.

등급: E

재사용 시간: 7일]

말없이 받고 목에 걸었다.

차가운 금속이 피부에 닿는 느낌이 썩 괜찮았다.

우리 사이에 다른 말은 필요 없었다.

우연희도 별말이 없는 걸 보면 그녀가 선택한 계약 내용을 상기하고 있는 것 같았다.

자동으로 능력치가 상승됐다면 어쩔 수 없지만, 그 외 인계 가능한 것들은 무조건 그러하게 되어 있다.

다만 예상치 못했던 건 우연희의 반응이었다.

아무리 계약이었다고 해도 지금쯤이면 아이템의 가치를 깨달았을 터.

하지만 그녀는 나를 바라보고 있었다. 미소 따윈 없지만 그렇다고 불만 어린 기색이 비치는 것도 아니었다. 그녀가 말했다.

"살아 돌아가면, 맞지?"

나는 고개를 끄덕였다.

계약에 적시된 숫자만큼의 현금을 줄 것이다.

죽으러 들어왔는데 살아나간다면 들고 가지 못할 만큼의 돈이라도 쥐여 줘야 할 것이다.

그런데 우연희가 이렇게 돈 욕심이 많은 여자였나? 아니면 가방에 담아 줬던 현금들이 그녀의 욕구를 끄집어낸 것일까.

하긴. 겉모습으로 그 사람을 단정 짓는 게 얼마나 멍청하고 위험한 짓인지, 두말할 것 없었다.

돈이든 포인트든 강한 목적을 가지고 있기만 한다면 상관없는 일이다.

그때 우연희가 뇌까렸다.

"이 방에 던전 박스가 있어."

*   *   *

탈주의 인장을 확보하는 게 최우선이다.

던전 박스를 앞에 두고 말했다.

"떨어져 있어."

우연희는 가시거리 경계까지 이동했다. 리더가 저주에 걸려서 도리어 자신을 공격할 수도 있다는 걸, 그녀도 알고 있었다.

그래서 그녀는 사뭇 긴장한 얼굴이었다. 최악의 가정이 현실이 되어 버린다면 과연 이 애송이 힐러는 가르쳐 준 대로 대응할 수 있을까?

"던전 박스를 개방한다."

우연희가 고개를 끄덕였다. 자신은 준비가 되었다는 뜻이다.

나도 그녀에게서 시선을 거두며 팔을 뻗었다.

메시지가 떴다.

[박스를 개봉 하시겠습니까?]

"그래."

화악—

눈앞에서 빛이 번졌다.

[체력이 9 상승 하였습니다.]

[체력: F (23)]

탈주의 인장을 또 바라는 건 무리겠지.

결과에 납득했다.

상승 수치는 무려 9.

던전 박스에서는 긍정적인 결과보다 부정적인 결과가 뜰 확률이 훨씬 높고 수치 상승률이 1부터 10까지의 십면체 주사위를 굴리는 것과 같은 이치라는 걸 감안해 보면.

운이 매우 좋은 경우라 할 수 있었다.

우연희에게 사인을 보냈다.

하지만 그녀는 바로 내 앞까지 오지 않았다. 적당한 거리에서 멈춰 섰다.

그러고는 미심쩍은 눈길로 나를 쳐다보기 시작했다.

던전 박스에서 나올 수 있는 저주에 대해서 그토록 주의 시켜 놓았기 때문이었다.

그것도 잠시, 그녀의 얼굴 위로 한결 안심된 기색이 스쳤다.

내 평온한 감정이 전달된 듯했다.

역시였다.

지금까지 정신계를 고용하거나 동료로 합류시켰던 적이 없었다.

심지어 팔악팔선과 대적하면서도, 유일하게 피해 다닐 수밖에 없었던 녀석이 정신계였던 이악(二惡)이었다.

그들은 희귀할 뿐더러 경계의 대상.

이번에 정신계와 함께하고 보니 그들을 절대 합류시키지 않았던 판단들이 그렇게나 올바른 판단일 수가 없었다.

이들에게는 구태여 입 아프게 설명할 필요가 없다. 말보다 앞서 내 감정을 꿰뚫어 본다.

이런 자들이 악의를 품고 합류했었다면 생각만 해도 이가 갈릴 일이었다.

그 순간.

우연희의 몸이 흠칫 떨렸다.

[우연희가 공포증 치료를 시전 하였습니다.]

그녀가 당황하고 있었다. 그녀의 석궁이 나를 향해 겨눠졌다.

나는 침착하게 말했다.

"그래. 그렇게 하는 거다. 아까운 스킬을 낭비하고 말았지만. 잘했다."

우연희는 설명이 필요하다는 듯한 눈빛이었다.

"옛날 일을 생각하고 있었어. 일일이 그런 거에 다 반응할 줄은 몰랐지."

"미안. 조금 더 침착하게 기다려야 했어."

나를 향해 겨눠져 있던 우연희의 석궁이 지면을 향해 기울었다.

"아니. 가르쳐 준 대로 잘하고 있다."

"하지만."

"어차피 내 스킬이 충전될 때까지 기다려야 한다. 시간은 충분해."

본 시대에서도 희귀했던 정신계 힐러.

그들은 양날의 검이었다.

완전한 신뢰로 뭉쳐졌다면 그만한 동료가 없었겠지만, 그런 것들은 첼린저 박스를 까도 나오지 않는 것들이다.

하지만 이제.

그녀가 있어서 던전 박스를 두려워하지 않아도 된다. 적어도 우연희가 내 뒤통수를 칠 일은 없으니까.

우연희는 나 없이는 홀로 생존할 수 없다는 걸 처절하게 느껴 알고 있다.

내가 물었다.

"문은?"

"우리가 들어온 방향까지 합쳐서 사방 면에 다 존재해."

물론 우연희는 혼자서 어떤 문도 열지 않았다. 내 앞에서 긴장한 얼굴로 서 있는 모습이 그 증거였다.

지금부터는 함정을 부쩍 경계해야 하지만, F급 던전의

함정은 너무도 원시적이라 포인트를 쌓기에 그만한 게 없다.

두 번째 문에서 함정을 발견했다.

일전과 똑같은 함정.

그때 우연희는 나를 따라서 내 뒤로 벽면에 몸을 붙이고 있었다.

"문고리 끝에 걸려 있는 줄 보이지? 이것까지만 끝내 놓는 게 좋겠다."

우연희가 빠르게 한 번 고개를 끄덕였다.

"이번에는 네 차례야."

우연희와 위치를 바꿨다.

그녀가 제 단검을 지그시 바라보기 시작했다. 마치 기도를 하는 듯 경건해 보이기까지 했다.

한편 나는 우연희의 배낭끈을 양손으로 붙잡고 있었다.

"끊는다."

우연희가 말과 동시에 팔을 움직였다.

[1포인트를 분배 받았습니다.]

메시지가 뜨는 순간. 그 즉시 우연희를 내 쪽으로 있는 힘껏 잡아당겼다.

할 수 있는 최고로 말이다.

우연희와 함께 넘어지는 것은 신경 쓸 일이 아니었다.

쾅!

굉음과 함께 사방으로 쪼개진 문 조각들이 우리에게 부 딪쳐 댔다.

내가 먼저 일어나 우연희에게 손을 내밀었다.

숨을 가쁘게 몰아쉬고 있는 우연희는 직전에 제 앞을 스 치고 지나간 거대한 공격체를 떠올리고 있는 듯했다.

내 손과 우연희의 떨리는 손이 포개졌다.

그녀의 손이 이상할 정도로 차가웠다.

우연희를 끌어 올렸다.

"'축하합니다. 히든 퀘스트, 데클란 함정 제거를 차순위 로 완료하였습니다.'"

우연희가 그녀가 보고 있을 메시지를 읽기 시작했다.

"'차순위 완료 보상으로 브론즈 박스를 획득하였습니 다.'"

그러며 우연희의 시선이 허공을 쫓고 있었다. 그렇게 박 스가 열리는 순간인지, 우연희의 두 눈에 환한 빛이 감돌다 사라졌다.

그녀가 말하지 않아도 알 수 있었다.

탈주의 인장은 물론 어떤 인장도 뜨지 않았다. 아이템도 마찬가지다.

그녀의 시선이 제 가슴이나 손으로 옮겨진 게 아니라, 여전히 허공에 머물러 있었기 때문이었다.

우연희의 입술이 열렸다.

"스킬 점수 올랐어. 마리의 손길이 F(6)으로."

＊　　＊　　＊

하루에 한 번 그것도 30분만 유지.

S급 잠재력의 막강한 스킬이지만 버프 스킬답게 치명적인 결함을 가지고 있었다.

그러나 오딘의 분노 없이 다음 문을 여는 건 자살 행위.

[남은 재사용 시간: 21시 30분 21초]
[남은 재사용 시간: 21시 30분 20초]

우리는 오딘의 분노가 충전될 때까지를 기다리는 중이었다.

우연희는 누워서 눈을 감고 있었다. 쌕쌕거리는 숨소리가 제법 안정세를 찾았다.

모포를 덮어 주려 하는데, 우연희가 눈을 뜨며 말했다.

"안 자고 있어."

"알아. 쉴 때 제대로 쉬라는 거다."

"여기에 들어온 지 얼마나 됐지?"

"네 시간."

내 대답을 들은 우연희는 다시 눈을 감았다.

시간이 정말 느릿하게 흐른다고 생각하고 있을 것이다.

그녀가 딜러였다면 이런 시간에 전투술을 훈련시킬 만했으나, 정신계 힐러인 그녀에게는 절대적인 안정이 곧 훈련이나 마찬가지였다.

선천적인 체력 조건으로도 그녀는 여전사로 변모하기에 무리가 있었다.

단검을 휘두르고 있었을 때였다.

어느새 눈을 뜬 우연희가 나를 물끄러미 올려다보고 있었다. 그때 나는 상의를 탈의한 채 온몸이 땀투성이였다.

역경자 특성을 터트린 후 인장을 사용하는 것으로, 민첩을 D 등급까지 강제로 올렸을 경우를 가정하고 있었다.

보스전 때문이 아니라 머리가 두 개 달린 놈들 때문이다.

"하고 싶은 말 있으면 해."

내가 뇌까렸다.

"정말 이걸로 괜찮아?"

"뭐가."

"나 말이야. 뒤에서 아무것도 안 하잖아. 넌 앞에서 치열하게 싸우는데, 나는 그저 뒤에서 지켜보기만 할 뿐이야."

"그게 힐러다. 너는 나를 서포팅해 주기만 하면 돼. 나머진 내 몫이지. 여기서 뭔가 더 하려고 하지 말란 거다. 더 위험해지니까."

"전에 있던 동료는 그랬어?"

뜬금없는 물음이었다. 그러고는 조용히 내 대답을 기다리기 시작했다.

나는 '전에 있던 동료' 같은 걸 우연희에게 언급한 적이 없었다. 그럼에도 그녀가 왜 그런 의문을 가졌는지 바로 직감했다.

그녀 혼자 김제의 던전을 찾으라 했던 건과 직전의 함정 해체 건에서 당연히 오는 물음이었다.

최초와 차순위에 관한 시스템 룰을 다 알고 있기 위해선, 차순위를 차지한 가상의 인물이 존재할 수밖에 없었다.

그리고 그 가상의 인물이 그녀가 언급하고 있는 '전에 있던 동료' 일 것이다.

우연희가 가방을 뒤적거렸다.

거기에서 수건 한 장을 꺼내 일어섰다.

나는 수건을 받을 준비가 되어 있었다.

그러나 우연희가 고개를 가로저었다.

"내가 하게 해 줘. 서포팅."

우연희는 내 뒤로 돌아가 등에 흐르는 땀부터 닦기 시작했다. 수건뿐만 아니라, 언뜻언뜻 그녀의 연한 손가락도 닿고 있었다.

등으로 부딪쳐 오는 숨도 따뜻했다.

과거의 정비 시간에는 있을 수 없던 상황이었다. 그러는 당시에 어김없이 꽂혀 왔던 것들은 머릿수 채운 사이코들의 따가운 시선들이었다.

"끝이야?"

내가 물었다.

"응?"

"밑밥만 던지고 없잖아. 그러려고 꺼낸 말이 아니었을 텐데?"

"아픈 기억을 끄집어내게 해서 미안해. 그 사람은…… 네 지시를 어겼겠지."

의외의 대답이었다.

"걱정 마. 나는 네 지시 안에서 벗어나지 않을 거야. 그게 너도 살고 나도 살 수 있는 길이라면 무엇이든지."

우연희는 당장 죽을 사람처럼 심각한 표정으로 말했다.

나는 말없이 우연희의 어깨를 툭툭 쳐 준 다음, 엉덩이를 깔고 앉았다.

말 상대가 있는 게 나쁘지 않은 것 같았다. 이러려고 합류시킨 건 아니었는데 말이다.

던전은 다시 침묵에 잠겼지만.

대화만 없을 뿐이지, 우연희가 부스럭거리는 소리나 조그맣게 내쉬는 숨소리가 불규칙적으로 이어지고 있었다.

어둠 속에서 과거를 생각하지 않을 수 있었다.

*   *   *

"클리어."

함정이 있던 문 너머의 통로는 당연히 아무것도 없었다.

다음 방으로 진입하는 문을 앞에 두고 멈춰 섰다. 우연희는 이러한 문을 열었을 때 어떤 일이 펼쳐졌는지 바로 전에 보았다.

이번에는 지시할 게 없었다.

우연희가 석궁을 겨눈 채로 멈춰 서고 나는 문을 향해 천천히 다가갔다. 함성이 설치된 흔적은 없었다.

이제 문만 열면 된다.

두근. 두근.

빌어먹을 심장이 또 뛰기 시작했다. 한시도 어긋나는 법이 없었다.

다음 등급이 되면 나아지겠지, 했던 게 A급에 도달한 순간까지도 이어졌었다. 비단 나뿐만이 아니다.

모든 헌터들이 던전 공략보다 게이트 전투를 선호했다.

이러한 이유 때문에.

우연희를 향해 문을 가리켜 보였다. 우연희도 고개를 끄덕여 보였다.

"두 번째 방에 진입한다."

스스로 느낄 수 있을 만큼, 내 목소리에서는 긴장한 마음이 묻어 나왔다.

내 작은 목소리가 퍼지는 시점에 문을 천천히 밀었다.

그러고 보이는 광경.

소름이 돋고 말았다.

[철갑을 시전 하였습니다.]

[오딘의 분노를 시전 하였습니다.]

앞에 대고 소리쳤지만 우연희를 향하는 것이었다.

"힐 하지 마! 지시가 있을 때까지!"

Chapter 7.

또 두 번째 방부터라니!

나란히 붙어 있는 두 개의 머리가 동시에 나를 쳐다봤다.

그때 그놈인지는 모른다.

분명한 건 일반 견졸들보다 강력하고 공포스러운 존재라는 것뿐.

시스템이 놈에게 붙여 준 직함은 무려 전사. 과거에도 우리 E급 헌터들이 달려들어야 간신히 죽일 수 있었다.

그나마 실내에 득실대고 있는 견졸들 중에서 문과 가장 가까운 곳에 배치되어 있는 놈이, 바로 이놈이라는 게 유일한 긍정적 요소.

놈이 내 기대에 부흥했다.

제 뒤에서 달려오는 견졸들을 날려 버리고는 포효부터
하는 것이었다.

크아악!

두 개의 머리가 동시에 뿜어내는 소리는 실로 위협적이
다.

어느 견졸도 놈을 지나쳐 올 생각은 못 하는 것 같았다.

하지만 안다.

내가 죽거나, 그렇게 보이는 순간 하이에나 떼로 변해 내
시신을 범하려 할 것이다.

녀석이 다가오는 속도에 맞춰 뒤로 물러났다.

지금의 근력으로는 저놈을 상대로 버티고 있을 수만은
없었다.

스윽.

민첩하게 움직일 수 있는 공간부터 확보했다.

문을 통과하기 위해선 고개를 숙이고 들어와야 할 정도
로 커다란 놈이었다.

그런 놈이 방 안에서 나타나니, 우연희의 호흡 소리가 가
빠지게 부딪쳐 대는 건 당연한 일이기도 했다.

놈에게 전방을 턱짓해 가리켰다

"맨투맨 뜨고 싶냐? 그럼 졸병들 단속부터 잘해."

언어가 통할 리는 없다.

하지만 뉘앙스라는 게 있어서 놈의 머리 중 하나가 뒤를 돌아봤다.

그러고는 따라 들어오려는 견졸들을 향해 위협적인 소리를 낸다.

크르르—

남은 머리 하나가 나를 노려보고 있는 이상 기습은 효과가 없다. 상대적으로 열세인 경우에는 선공격보다 받아쳐야 한다.

드디어 뒤로 돌아갔던 머리가 제자리를 찾는 순간이었다.

흐느적거리던 놈의 몸이 뻣뻣해졌다.

혈관의 구조가 파악될 정도로 힘줄이 도드라지고 눈빛도 달라졌다.

놈은 준비가 끝났다.

그때 나는 공포는 언제나 상대적이란 걸 다시 깨닫고 있었다.

그래도 내게는 무수한 전투 경험이 있지 않은가. 맨투맨이라면 열세의 능력치로도 극복할 수 있다. 놈을 겁내지만 않으면.

스킬 명칭처럼 철갑같이 단단해진 팔을 방패로 삼았다.

그러며 뇌까렸다.

"들어와. 시간 없어."

＊　　＊　　＊

'지시를! 지시를!'

우연희는 버틸 수가 없었다.

대체 언제까지 기다려야 하냐고 소리치기 일보 직전이었
다.

선후의 단검이 허공을 가를 때마다 전기 같은 것들이 퍼
렇게 튀어 대던 것도, 더는 승리의 희망처럼 보이지도 않았
다.

처음에는 그랬다. 저 푸른 불꽃들이 선후를 살려 줄 승리
의 마법처럼 보였다.

그러나 괴물은 그것이 감긴 단검에 몸이 찔리고도 굳건
했다. 도리어 더 성질만 건드린 격이라, 한 손으로 선후를
쳐 내 버렸다.

선후는 속절없이 나가떨어져 버렸다. 그리고 지금 다시
일어서고 있었다.

그의 입에서 흘러나오는 피가 너무도 많았다. 하관 전체를 더럽히고도 바닥으로 계속 떨어지고 있었다.

전투에 대해 잘 모르는 우연희라도 무슨 상황인지는 알았다.

괴물이 너무 강력했다. 선후가 경고했던 대로였다.

힘도, 빠르기도.

모든 면에서 선후를 압도하고 있었다.

거기다 괴물은 어지간한 부상에는 눈 하나 깜짝하지 않았다.

반면에 선후는 매 순간이 위급했다. 한 팔로 괴물의 이빨을 틀어막고, 다른 팔의 단검으로 괴물을 찔러 대고 있어도.

괴물은 더 흉측한 표정의 나머지 머리로 선후를 물어뜯거나 밀어 차 버리곤 했다.

'안 돼!'

우연희가 가까스로 비명을 참던 그 순간은 선후의 몸이 허공으로 띄워지고 있을 때였다. 괴물이 벽 끝까지 선후를 몰아붙여 그의 목을 양손으로 조르고 있었다.

선후가 단검으로 괴물의 팔을 그었던 것도 단 한 번뿐이었다.

오히려 힘이 풀어진 건 선후 쪽이었다.

우연희의 경악한 시선이 선후의 손에서 빠져나온 단검을 따라 이동했다.

피 웅덩이 속에 떨어진 빛나는 단검 하나.

그걸 바라보는 우연희는 정말로 필사적이었다.

스킬을 쓰지 않기 위해.

석궁의 방아쇠를 당기지 않기 위해.

"머리가 두 개 달린 녀석과 싸울 때는 힐도, 마리의 손길도 쓰지 마라. 어설픈 석궁은 당연하고. 그러고 싶어지는 순간에는 내가 곧 죽을 모습을 하고 있겠지. 하지만 최후의 수단이 있다. 역경자 말이다. 아마 나는 그걸 기다리고 있을 테고. 그때 너는······."

우연희는 지금까지 해 온 선후의 지시를 떠올렸다. 그녀의 시선이 옮겨졌다.

선후가 사투를 벌이고 있는 현장에서 방문 너머로.

"견졸들이 놈의 통제에서 벗어났을 때. 그 순간 넌 죽기 살기로 달려야 한다."

오랫동안 살아남은 강한 남자가 그렇게 말했었다. 그의 말은 틀린 적이 없었다.

아니나 다를까.

방 너머의 조짐이 심상치 않았다.

가시거리의 한계 때문에 그쪽은 어둠 속에 잠겨 있었다.

그러나 지금까지 잠잠했던 괴물들의 괴성이 어느 순간부터 늘어나고 있었다.

너무도 끔찍해서 귀를 틀어막고 싶을 정도로 말이다.

우연희는 남자가 말하던 그 순간이 가까워지고 있음을 직감했다.

그 때에도 남자가 고통에 몸부림치는 광경이 시선에 걸렸다.

문득 우연희의 뇌리로 어렸을 적 기억 하나가 스치고 지나갔다.

그날은 아버지를 따라 온 가족이 낚시에 함께했던 날이었다.

플라스틱 버킷에서 도망쳐 나온 물고기 하나.

물고기는 땅 위에서 한참을 펄떡거리다가 서서히 움직임을 잃어 갔다. 그리고 그런 물고기를 움켜쥐던 아버지의 큰손.

그때 물고기는 아버지의 손아귀에서 다시 파닥거리기 시

작했지만 갓 도망쳐 나왔을 때처럼 힘차진 않았다.

죽어 가고 있었다.

기억 속의 물고기 한 마리가 지금의 남자와 같았다.

우연희는 스킬이든 석궁이든 다 좋으니까. 괴물의 손아
귀에서 당장 남자를 떼어 낼 수만 있다면 뭐든 할 수 있다
고 생각했다.

머릿속에서는 이미 수만 번 마리의 손길을 썼고, 단검을
빼 들어 괴물에게 달려가고 있었다.

하지만.

하지만!

"마리의 손길은 절대 쓰지 마라. 그건 보스전용이
야. 넌 전투 불능 상태의 부상을 감당할 수 없어. 내
가 죽어 가는 것처럼 보여도 네 살길만 생각하라는
거다. 이 이상으로 신경 못 써 주니까 명심해."

그런 지시가 있었다.

자신을 위해서, 남자를 위해서.

우리 모두가 생존할 1%의 확률이라도 올리기 위해선.

남자의 지시에 명령처럼 복종해야 한다. 그래서 우연희
는 배낭을 내려놓고 있었다.

"크어어억—"

남자의 비명은 그리 크지도 않았다. 다 갈라진 쉰 목소리로 아주 작은 수준에 불과했다. 그러나 그것을 신호로 남자가 말했던 순간이 왔다.

크아악. 크아아악.

어둠 너머에서 들려오는 울음소리들에.

다다다—

그것들이 달려오는 소리들까지 합쳐져 버린 것이다.

그때.

우연희는 처음으로 남자에게서 시선을 돌렸다. 고개를 돌린 그대로 뛰기 시작했다.

첫 번째 방까지 돌아오던 순간에는 등 뒤의 소리들이 더 가까워져 있었다.

"하악. 하악. 하악."

우연희가 가쁜 숨을 몰아쉬며 주위를 두리번거렸다. 모두 어둠뿐이라 제대로 된 방향을 찾기 힘들다. 우연희의 목표는 입구 방이었다.

거기에 남자가 설치해 둔 트랩이 있다는 걸 떠올렸기 때문이다.

집중력이 최고조로 발휘된다는 건, 비단 전장 속 군인들만의 경우가 아니었다.

생존의 문제가 걸렸을 때 자신도 몰랐던 능력이 튀어나오고 집중력은 최고조까지 치닫는다.

빠른 두뇌 회전. 신속한 판단.

얼굴은 사색이 되어 있지만 지금 우연희가 그랬다. 그래서 그녀의 판단은 입구 방으로 도망치지 않는 것이었다.

트랩 때문에 처음부터 입구 방을 목표로 삼고 달려왔으나.

또 트랩 때문에 들어갈 수가 없다.

그 트랩은 남자를 위한 것이었다.

남자가 말했던 '최후의 수단'까지 어긋나 버린 경우에 말이다.

그렇다고 우연희는 다른 새로운 문을 열 수도 없었다. 대신 벽을 따라 달렸다. 그렇게 구석 귀퉁이까지 도달한 그녀는 바들바들 떨며 전방을 노려보기 시작했다.

석궁 하나에 의지한 채.

그런데 언제 떴던 것일까? 그제야 우연희는 계속 걸려 있던 메시지가 보였다.

[퀘스트 '일기토'를 완료 조건을 충족 하였습니다.

최초와 차순위자를 합의하에 결정 하여 주십시오.]

그 위를 덮는 메시지.

　[1포인트를 분배 받았습니다.]
　[데클란 퇴치 : 데클란 병사 처치 28/60]

새로운 메시지가 빠르게 떠도.

　[퀘스트 '일기토' 완료 조건을 충족 하였습니다. 최
　초와 차순위자를 합의하에 결정하여 주십시오.]

최초와 차순위자를. 결정하라는 메시지가 다시 덮고 있
다.

　[1포인트를 분배 받았습니다.]
　[데클란 퇴치 : 데클란 병사 처치 29/60]

우연희는 깨달았다. 남자가 이겼고 이쪽으로 오고 있다!
하지만 곧.
그녀의 기대는 산산조각 나고 말았다. 어둠을 제일 먼저
뚫고 나온 건 뾰족한 주둥이와 거기의 끔찍한 송곳니였다.
우연희는 당장 방아쇠를 누르고 싶은 충동을 가까스로

이겨 냈다.

　"처음 한 발이 중요하다. 첫 한 발에 전투 불능에
　이르는 치명상을 입히지 못하면 넌 잡아먹히게 되는
　거다. 그러니까 반드시 침착하게. 그리고 눈을 노려
　쏴."

그때.
숨을 삼키고 있는 그녀에게 괴물이 날아들었다.
그리고 쉬악―
우연희의 석궁에서도 화살이 날아갔다.

　　　　　*　　　*　　　*

일부러 피를 뿌려 대며 달렸다.
　우연희를 쫓아가던 개새끼들 대부분을 돌리는 데 성공했
지만 한 마리는 이미 어둠 속으로 사라진 뒤였다.
　그것까지는 어쩔 수 없었다.
　스무 마리를 가뿐하게 넘는 개새끼들을 상대하면서 한눈
을 팔 수는 없다.
　신속의 인장을 쓰고 역경자까지 터트려 데클란 전사를

죽일 수 있었으나, 느껴지지 않는 고통과는 다르게 온몸이 삐걱거리고 있었다.

역시 실전은 머릿속에서 그려 봤던 가상 전투와는 크게 달랐다.

놈과는 근력 차이가 너무 났다.

하지만 이 개새끼들과는.

퍼억!

달려오던 새끼를 발로 세게 밀어 찼다.

순간 중심이 무너지긴 했지만 일전처럼 놈의 힘에 짓이겨 뒤엉켜 버리는 일은 일어나지 않았다.

옆에서 손을 뻗으며 날아오던 새끼는 팔을 잃은 즉시 나뒹굴고 있었다.

역경자가 특성이 사라지기까지 20초가량을 앞두고 섬멸을 마쳤다.

[퀘스트 '데클란 처치'를 완료 하였습니다.]

[최초 완료 보상으로 '실버 박스'를 획득 하였습니다.]

[근력이 28 상승 하였습니다.]

[근력: F(50)]

보상에 신경 쓸 겨를이 없었다.

이어질 메시지를 주시했다.

　[퀘스트 '일기토'를 완료 조건을 충족 하였습니다.
　최초와 차순위자를 합의하에 결정하여 주십시오.]

우연희가 아직 죽지 않은 것이다.

죽었다면 최초 직위가 자동적으로 내게 떨어질 터.

절뚝거리는 걸음으로 어둠을 헤치며 나갔다.

첫 번째 방에 진입했을 때 역경자 특성이 꺼져 버렸음을
직감했다. 갑자기 아무것도 볼 수 없게 됐으니까.

배뿐만 아니라 얼굴에 닿고 있는 차가운 느낌도 바닥인
것 같지만 거기에 부딪쳤을 때의 충격조차 없었다.

입구 방에 우연희가 있을 것이다. 트랩 덕분에 살았겠지.

또 현실과 던전의 경계에서 오도 가도 못하며 바들바들
떨고 있겠지.

힐러가 저 너머에 있지만 목소리가 나오지 않았다.

의지와는 상관없이 의식이 점점 멀어지고 있던 때.

핏물이라고 생각했다.

그런데 핏물이 흐르면 흘렀지 천장에서부터 떨어질 리는
없을 텐데.

뭔가가 얼굴로 계속 떨어지고 있었다.

뚝. 뚝.

*   *   *

눈을 떠 보니 낯선 여자가 보였다.

그러나 몸 어디에도 이 여자의 목을 움켜쥘 힘이 남아 있
지 않았다. 결국 팔악팔선 놈들에게 잡혀 버렸구나 싶었다.

팔악 쪽일까, 팔선 쪽일까.

어느 쪽이든.

허망하게 가 버린 안타까운 녀석들의 복수는커녕, 내가
그 뒤를 따라가게 생겼다.

어떻게든 정신을 차려야 하는데 몸이 말을 듣지 않았다.

젠장. 포인트를 아껴 둘 걸.

애송이 녀석들에게 그렇게 충고했어도 정작 내가 그 꼴
이었다.

첼린저 박스를 한번 열어 보겠다고.

모든 포인트를 거기에 다 써 버렸다.

어? 어?

"아직 안 돼."

그때 내려온 여자의 목소리는 적대적이지 않았다.

어투 따위에 속아 넘어갈 내가 아니지만 눈이 너무나 무겁다.

이 여자가 빌어먹을 스킬을 쓰고 있는 게 틀림없었다.

정신계?

이악(二惡)인가?

이래서 이악만큼은 그토록 피해 왔는데 결국 붙잡혀 버리고 말았구나.

"더 쉬어."

여자의 목소리가 아득히 멀어지기 시작했다.

*　　*　　*

냄새에 눈이 떠졌다.

썩 좋은 냄새는 아니지만 배가 반응하고 있었다.

우연희에게 물어보는 대신.

"특성 목록."

역경자의 재사용 시간을 확인했다.

꼬박 이틀이 넘게 지나 있었다.

역경자 효과가 풀어졌다고 해도 일전에는 이렇게까지 무너지진 않았다.

하지만 쌍두 놈과의 전투를 떠올려 보면 충분히 납득이

갈 일이었다.

그때 우연희가 등을 돌리는 게 보였다.

그녀가 잠깐 기다리라는 손짓과 함께 물과 알약을 빠르게 꺼내 왔다.

"스킬이 통하는 데까지는 치료해 뒀어. 이 이상은 되질 않아."

"여긴?"

"첫 번째 방이야. 함정으로 부서진 문 쪽에 트랩을 만들어 두긴 했는데 한번 봐 줘."

"트랩?"

"소리만 울리는 거야. 혹시 몰라서."

우연희가 별것 아니라는 투로 대꾸했다. 한편 우연희의 목이며 가슴 그리고 다리에 감겨져 있는 붕대들이 보였다.

굳은 지 오래된 피에 더러워진 것을 보고 눈살을 찌푸렸다.

그래서 내 쪽의 붕대를 확인해 봤다. 오히려 내 쪽은 피한 방울 묻어 있는 게 없었나.

그러고 보니 의복도 여벌로 챙겨 온 것으로 갈아입혀져 있었다.

우연희가 내 시선을 눈치채고 말했다.

"누구처럼 안 봤으니까 걱정 마."

그런 우연희의 얼굴을 빤히 쳐다보았다.

그녀는 차마 얼굴까지는 붕대를 둘둘 감을 수 없었던 모양인지, 뺨에 자리한 흉한 상처들을 고스란히 드러내고 있었다.

민간인들에게는 큰 부상이지만 우리들에겐 삼 일 내외면 자연히 재생되는 정도.

그러나 붕대를 감고 있는 부위들이나 얼굴의 상처들에서 그녀에게 어떤 일이 있었는지 알 수 있었다.

"용케 살아남았군."

눈살이 찌푸려졌다.

나 때문이었다.

그녀에게 몬스터와 엉켜 버리는 순간이 와 버린다면 우리는 다 끝장난 거라고 누누이 말해 왔었지만.

내가 틀린 것이었다.

너무나 많이 봐 왔으면서도, 인간의 생존 본능을 간과하고 있었다.

저런 작은 체구로 견졸과 사투를 벌였고. 또 살아남았다니.

우연희는 상기하고 싶어 하지 않는 기색이었으나 내가 요구했다. 그래서 듣게 된 우연희의 스토리는 내 예상과 달랐다.

너무 겁에 질렸기 때문일까. 무슨 이유에선지 그녀는 트랩을 사용하지 않았다. 때문에 내가 놓쳐 버린 한 놈과 마주치고 말았다.

석궁을 쐈고 맞혔다고 했다.

눈에 정확히 맞히긴 했는데 그 뒤가 문제였다고도 했다.

견졸이 달려들던 채로 그녀를 덮치고 말았고.

그때부터 뒤엉켜 버린 것이었다.

나는 우연희의 만류에도 상체를 일으켰다. 그녀에게 칭찬과 격려가 필요해 보였기 때문이다.

"지금까지 보여 준 모습을 보면 살아남을 만했다. 잘했다. 우연희."

우연희는 희미하게 웃었다.

물론 씁쓸한 감정이 물씬 묻어 나오는 미소로 말이다.

풀어 본 붕대에선 역시 안쪽에서도 피가 묻어 나오지 않았다. 쌍두 놈의 손톱과 이빨들이 박혀 들어왔던 온갖 치명상들이 흔적으로만 존재했다.

우연희는 그 붕대들을 다시 돌돌 말아서 제 가방에 집어넣었다.

그새 가방을 되찾아 왔나?

"배고프지?"

우연희가 물었다.

허기를 채우는 것보다 더 먼저인 게 있었다.

전리품인 이것!

[퀘스트 '일기토'의 완료 조건을 충족 하였습니다.
 최초와 차순위자를 합의하에 결정하여 주십시오.]

친절하게도 메시지가 또 떴다.

우연희도 나와 같은 걸 보고 있는 것 같았다.

"내가 최초, 네가 차순위다."

여기에 이의는 있을 수 없다. 우연희가 당연한 대답을 하
는 순간.

[퀘스트 '일기토'를 완료 하였습니다.]

[500 포인트를 획득 하였습니다.]

오백 포인트. 이래서 과거에 우리 헌터들은 던전 퀘스트
라면 죽자 살자 달려들었었다.

드디어 수확의 시간이 도래했다.

＊　　　＊　　　＊

누적 포인트는 첫 번째 방까지가 184.

이후로.

우연희가 함정을 제거하며 분배받은 포인트가 1포, 쌍두 놈을 잡으며 10포, 나머지 견졸까지 해서 28포.

거기에 던전 퀘스트 데클란 처치와 일기토를 완료하면서 얻은 포인트가 1000포.

그래서 총 합산이.

[누적 포인트: 1223]

브론즈 박스로 환산하면 네 박스, 실버 박스로는 한 개 분량이다.

[최초 완료 보상으로 '실버 박스'를 획득 하였습니다.]

의식을 잃기 전.

전투 중에 받았던 실버 박스에서 근력이 떠서 현재 근력 수치는 50이었다. 나머지 50을 채우기만 하면 한 등급 상승.

그러니까 근력!

근력!

속으로 간절하게 외쳤다.

근력만 한 등급 상승해도 견졸들에게 힘과 무게로 밀리지 않는다.

긴장을 유지하는 한 문 뒤에 버티고 서는 게 훨씬 수월해질 것이다. 그뿐만이 아니다. 역경자를 터트리면 일시적으로나마 D 등급까지 폭발시킬 수 있다.

신속의 인장으로 끌어올릴 민첩과 등급을 맞출 수 있다.

그건 대단한 일이었다.

그러니까 근력! 아니면 근력을 올려 주는 아이템이라도!

은빛 테를 감은 박스가 열리기 시작했다. 상자가 열리는 순간은 또 다른 긴장과 흥분으로 가득 차기 마련이었다.

상자에서 광선이 뻗쳐져 오면 둘 중 하나다. 인장이나 아이템. 그것이 가슴으로 이어지면 인장, 다른 곳으로 향하면 아이템.

이번에는 둘 다 아니었다.

광선이 뻗칠 기미 없이 환한 빛이 순간에 번졌다.

[근력이 36 상승 하였습니다.]

[근력: F(86)]

됐다!

두 개의 실버 박스에서 연달아 근력이 나왔다. 하물며 상승 수치도 평균치를 웃돈다.

너무도 기뻐서 온몸이 주체하지 못할 만큼 떨리기 시작했다.

근력을 한 등급 높이기까지 남은 수치는 14.

갈림길에 섰다.

지금까지 누적시킨 포인트로 실버 박스 한 개와 브론즈 박스 한 개를 깔 것인가.

아니면 모두 브론즈 박스를 까는 것으로 연달아 네 개 박스를 열어젖힐 것인가.

그때 내 지시를 기다리고 있는 우연희가 보였다. 그녀에게도 들어간 차순위 보상들과 누적 포인트에 대해 언급하고 싶어 하는 것 같았다.

"기다리고 있어."

누적 포인트로 기대하고 있는 바는 명백했다.

무조건 근력 상승.

다만 남은 수치가 애매하긴 하다.

한 자릿수라면 브론즈 박스 네 개를 까고 볼 일이지만, 지금 같은 경우에는 네 개 박스 중 최소 두 개 이상의 박스에서 근력이 연달아 떠야 한다.

능력치, 스킬 관련 내용물, 특성 관련 내용물, 아이템, 인장.

대 분류는 그렇게 다섯 가지.

소분류로 들어가서도 다양한 능력치들 중에서 근력이 특정되어 나올 가능성.

거기다 높은 능력치가 뜰 가능성까지.

설사 두 개 이상의 박스에서 근력이 뜬다 해도 상승 수치가 낮다면 무용지물.

변수가 다양했다.

우선 브론즈 박스를 하나 까고 보기로 했다. 그래도 실버 박스를 깔 수 있는 포인트가 남는다.

[300 포인트가 소모되었습니다.]

[누적 포인트: 923]

['브론즈 박스'를 획득 하였습니다.]

떠라 떠!

[근력이 4 상승 하였습니다.]

[근력: F(90)]

"떴…… 다."

실버 박스에서 두 번 그리고 지금의 브론즈 박스에서 한 번. 연달아 세 번 근력이 떴다.

모두 합산해 보면 소수점 뒤로 영이 몇 개나 붙어 있을 확률인 것이 분명하나.

상한가를 연달아 뚫고 있는 종목일수록 내일은 떨어질 가능성보다 내일도 올라갈 가능성이 높은 것이다.

기세를 이어 나갈 때란 걸 직감했다.

['브론즈 박스'를 획득 하였습니다.]

그리고.

[근력이 10 상승 하였습니다.]

그 일이 일어나고야 말았다.

축하 메시지가 뜨고 있지 않은가!

[축하합니다. 근력이 한 등급 상승 하였습니다.

F → E]

그런데 끝이 아니다. 아낌없이 퍼부어 주는 나무 같으니라고!

[업적 '바위도 부수는 힘' 을 달성 하였습니다.]
[최초 업적 달성 보상으로 특성 '괴력자'를 획득 하였습니다.]

[괴력자 (특성)
효과: 공격자에게 매우 낮은 확률로 물리 피해를 되돌려 줍니다.
등급: F(0)]

지속 시간도 재사용 시간도 적시되지 않은, 영구적 특성!
큰 소리가 터졌다. 더는 이 흥분을 누르고만 있을 수 없었다.

"와아!"

내 환호성에 더불어 한 박자 늦은 우연희의 환호성까지 합쳐졌다.

꼭 감정을 느낄 수 있는 사람이 아니더라도 모를 수 없었다.

불끈 쥐어져 있는 내 주먹이 부르르 떨리고 있었다.

정말로 그 녀석의 운발이 내게로 넘어온 것은 아닐까 싶었다.

이유가 무엇이든 상관없겠지.

마냥 웃음이 나왔다.

우연희도 즐거워하는 날 보며 제 일처럼 기뻐하고 있었다.

입을 열려던 그녀를 일단 저지했다.

기세가 너무 좋아서 브론즈 박스를 연달아 까기 위해서였다.

제대로 된 머릿수를 채우지 못한 데다 현재의 나약한 능력치로 던전을 공략해 보려면, 먼 미래까지 계산에 넣을 수 없었다.

멀리 보아야 실버 박스까지가 한계. 당장의 내일이 시급했다.

그러니까 연다!

['브론즈 박스'를 획득 하였습니다.]

무엇이냐!

[오딘의 분노가 6 상승 하였습니다.]

[오딘의 분노: F(6)]

아아!
S급 잠재력의 스킬에 포인트가 제대로 쓰였다.
어차피 F급 잠재력의 철갑은 리빌딩 때 버려야 할 스킬.
그 쪽으로 투입되는 수치는 포인트 낭비일 뿐이다.
다음 박스!

['브론즈 박스'를 획득 하였습니다.]

박스 틈에서 광선이 뻗쳤다. 광선의 방향은?
가슴이 아니다. 어떤 아이템?

[아이템 '눈먼 자들의 반지' 를 획득 하였습니다.]
[눈먼 자들의 반지 (아이템)
효과: 스킬, 개안의 가시거리를 증가시킵니다.
등급: F]

좋다. 좋아. 너무 환상적이다.
이번 박스는 버릴 게 하나도 없지 않은가!

*   *   *

반지를 꼈다.

가시거리가 바로 늘어났다.

방이 줄어든 것은 아니라서 사방의 벽이 다 보이는 수준
까지는 아니었다.

그러나 미궁형 F급 던전을 밝히는 데에는 이만한 아이템
이 또 없는 게 사실이다.

이제 우연희 차례였다.

사냥 퀘스트와 대전 퀘스트의 차순위 보상들에 대해 물
었고 두 개 다 실버 박스였다는 대답을 들을 수 있었다.

"하나는 정신이 18, 다른 하나는 스킬이 떴어. 용맹."

그녀가 마저 설명했다.

　[용맹 (스킬)

　효과: 자신을 제외한, 대상의 투지를 소폭 증가시킵
니다.

　등급: F (0)

　지속 시간: 5분

　재사용 시간: 6시간]

내가 물었다.

"보유 스킬이 네 가지였지?"

"A급 잠재력의 마리의 손길 하고, F급 잠재력의 공포증 치료와 육체 치료 그리고 이번의 용맹까지. 그렇게 네 개 맞아."

우연희가 계속 말했다.

아쉽다는 투로.

"용맹은 내게 필요한 것이지만 정작 나한테는 쓸 수가 없어. 그렇다고 이 스킬이 네게 도움이 될 것 같지도 않고. 투지라는 게 일반적으로 생각하는 그런 게 맞다면 말이야."

투지. 싸우고자 하는 굳센 마음. 두려운 마음을 이겨 낸다, 지운다.

이게 과연 버프 스킬일까?

뭔가를 향한 두려움과 공포가 꼭 부정적인 영향만 끼치는 건 아니다.

그것은 통각(痛覺)과 같다.

통각이 무엇인가.

우리에게 닥친 위험을 고지해 주는 생존 감각이 아니던가.

역경자 특성이 터지면 통각이 무뎌진다

때문에 맹렬히 싸울 수는 있으나, 심각한 부상으로 안정을 취해야 할 부분까지 미친 듯이 움직여서 더 큰 부상을 초래하기 마련이었다.

이러한 스킬 보유자가 흑심을 품고 팀에 합류했다면 뻔하다.

보스전 때에 살벌한 살육의 현장이 펼쳐지고 말 것이다.

물론 회귀하기 전, 본래의 시대에서는 말이다.

팔선 중 유일한 정신계였던 이악(二惡).

고년이 사전 각성자도 아니면서 누구보다 빠르게 성장할 수 있었던 까닭이 이러한 스킬 때문이지 않았을까. 하물며 그녀는 딜러로 알려져 있기까지 했다.

팀원들의 정신세계를 제대로 건드려서 전리품을 독차지했을 테지.

치가 떨린다.

누군가 내 정신세계를 건들 수 있다는 건 상상만으로도 끔찍한 일이었다. 그따위 건 이미 몬스터만으로도 넘치도록 충분하다.

한편 우연희가 몹시 조용해져 있었다.

나를 올려다보고 있는 그녀의 시선이 불편하게 느껴졌다.

순간에 우연희가 고개를 내려트렸지만, 그때는 이미 그

녀의 눈길에서 나를 향한 측은한 감정을 읽어 버린 뒤였다.

애송이 주제에 누가 누굴.

우연희가 어색해진 분위기 때문인지 변명하듯이 말했다.

"도움이 되지 않겠지?"

"시험해 볼 시간은 많아. 싫어도 오 일간은 꼼짝없이 대기 타야 한다."

역경자 특성이 충전될 때까지.

"상태 창 띄워 봐."

뒷말은 필요 없었다.

우연희는 수첩을 꺼내 그녀의 작은 체구다운 글씨들을 채워 나갔다.

[이름: 우연희

체력: F (2) 정신: F (40)

누적 포인트 : 1102

특성(2) 스킬(4)]

능력치 구성 종목이 단출하기 짝이 없다.

그나마 체력도 던전 진입 전에 올릴 수 있는 한계선까지 올리며 구성 종목에 추가시킬 수 있었다.

누적 포인트는 실버 박스 한 개 혹은 브론즈 박스 세 개

분량.

이 애송이 힐러를 어떻게 육성하는지는 전적으로 내게 달렸다.

"브론즈 박스를 까자. 스킬은 충분하니 체력에 기대를 걸어 보는 걸로. 왜 체력인지는 잊지 않았지?"

"재생력 증가. 부상 정도 하락. 기본 스태미너 증가."

"마리의 손길 리스크를 조금이나마 덜어 내리려면 체력 증가가 필수다."

그때 우연희가 뜻밖의 질문을 해 왔다.

"있지. 그런데 왜 랜덤일까?"

왜 랜덤이냐니.

하기야 우연희에게는 당연한 일이 아닌가?

이건 어디까지나 그들, 시스템의 광신도인 팔선의 주장이다.

절대자는 우리에게 악(惡)과 대적할 힘과 의지 그리고 환경을 안배해 주시되, 그분의 영험한 존재를 잊지 않도록 하셨다.

무려 그들은 이 주장을 계약서 끄트머리에 꼭 붙이곤 했다.

그러니까 박스의 내용물을 띄울 때만큼은 절대자에게 간절히 빌고 또 빌게 만들어, 절대자의 존재를 상기시켜 왔다는 것이다.

그만큼이나 웃기는 소리가 또 있을까.

본 시대의 사람들은 우리들에게 부여되는 힘과 그 원천인 시스템이 어디에서 나왔는지를 궁금해할 수밖에 없었다.

그러나 그 쪽에 매달려 본들 세상은 조금도 나아지는 게 없었다.

팔선 같은 광신도만 낳았다.

말했던가.

팔악과 팔선 중에 택일해야만 한다면, 나는 시스템을 거부하는 팔악 놈들 쪽에 섰을 것이라고.

"랜덤의 유일한 장점이 뭔지 알아?"

"응?"

"원하는 게 나오면 기뻐서 더 도전하고, 원치 않는 게 나오면 열 뻗쳐서 더 도전하게 만든다. 어떻게든 더 도전하게 만들지."

"우리를 어떻게 다뤄야 하는지 알고 있다는 거네. 좋아 보이지 않아."

"그러니까 여기에서 숭고한 것을 찾으려고 하지 마. 네 말대로. 개 같은 시스템은 우리를 어떻게 다뤄야 할지를 알고 있는 것에 불과해."

모처럼 말이 길어지고 있었다.

팔악도 팔선도 아직은 존재하지 않은 시절이며 미래에도 우연희가 그들과 마주칠 일은 없을 것이다.

그런 세상이 오지 않게 만들기 위해 이 짓을 하고 있다.

그냥 직업처럼.

"시작해. 우연희."

우연희가 아무것도 없는 전방을 바라보기 시작했다.

그러다 그녀의 시선이 제 가슴 쪽으로 천천히 옮겨졌다.

첫 번째 박스의 내용물은 인장이 분명했다.

무슨 인장인지 기대가 차오르기 시작한 것도 잠깐, 메시지가 빠르게 떴다.

[우연희가 인장 '봉쇄'를 인계 하였습니다.]

아마도 그녀는 메시지로 인장인 것까지만 확인한 즉시 계약을 이행한 것 같았다. 인장 정보를 확인도 하지 않은 채.

[봉쇄 (인장)

등급: F

효과: 지정한 영역을 봉쇄합니다.

지속 시간: 5분]

환장하겠군.

이건 대(對) 알림 몬스터 전용 인장으로 쓰였던 것 중에 하나다.

던전에서는 탈주의 인장 다음으로 반드시 확보해야 하는 인장.

보통 던전 박스에서 뜨는 내용물이다.

하지만 이렇게 종종 일반 박스에서도 뜨곤 했다. 우연희의 머리를 쓰다듬어 주고 싶은 충동을 억누르며 말했다.

"체력은 아니었지만 꼭 필요한 것이었다. 다음 박스."

스윽.

우연희의 초점이 내게는 보이지 않는 그것에 꽂혀 있다가 돌아왔다.

"브론즈 박스에서는 능력치 상승 수치가 1부터 10까지 였지?"

"그래. 왜?"

"민첩이 10이나 올랐어."

체력이 아니라서 아쉽긴 그녀만이 아니라 나 또한 마찬

가지였다.

"그런데도 F(0)이야."

"이제야 궤도에 들어온 거지. 상태 창에 종목이 추가됐을 거다. 업적 같은 건?"

우연희가 고개를 저었다.

"마지막 박스를 열어 볼 텐데. 우리가 바라는 게 나오게끔 확률을 더 높여 주는 방법이 없을까?"

마지막 박스만을 남겨 두고 있기 때문일 것이다. 우연희가 손가락을 꼼지락거리는 등, 조마조마한 심정을 내비치기 시작했다.

헌터들마다 높은 등급의 박스를 목전에 둘 때마다 각자의 의식 같은 게 있긴 했다.

누구는 가족의 사진을 한참 동안 바라봤다. 또 누구는 원하는 내용물의 이름을 부르짖었다.

자신의 경험상 사람의 피가 필요하다며 같은 파티원이었던 나를 공격했던 뻔한 사이코도 있었다.

하지만 다 부질없는 일.

박스는 랜덤.

운발이 좌우한다.

내 침묵이 답변이 됐는지, 우연희의 초점이 다시 허공에 맺혔다.

그러고는.

"꺄아!"

우연희가 제자리에서 펄쩍 뛰었다.

너무도 기뻐서 주체 못 하겠다는 듯 양팔을 위아래로 흔들어 대더니.

화악!

갑자기 나를 와락 껴안아 버리는 것이었다.

그녀가 빛나는 두 눈으로 나를 올려다보며 말했다.

"10이야. 또 10이야! 체력이 말이야!"

애송이 힐러는 박스 까는 참맛을 깨닫는 중이었다.

이제야 처음으로 말이다.

마스터 박스에서 무려 신의 이름을 달고 나온 스킬을 획득했을 때에도 담담했던 애송이가, 지금은 나를 껴안은 채로 방방 뛰고 있었다.

고작 F급 체력 10에.

지금까지 보던 미소들 중에서 가장 환한 미소를 짓고 있었다. 우연희가 그 미소로 천천히 떨어지며 말했다.

"이래서였구나……."

*　　　*　　　*

이번 진입의 목표는 어떻게든 포인트만 따서 나가는 게 아니었다.

완전 공략!

보스전과 최종 퀘스트를 끝낸다.

던전을 파괴한다.

사냥 퀘스트와 대전 퀘스트를 끝낸 이상 다음 던전의 새로운 퀘스트에 도전하는 게 상식이었다. 퀘스트와 무관한 사냥은 리스크 대비 얻는 포인트가 적기 때문이다.

오 일간의 정비 시간 동안, 우연희와 적지 않은 대화를 나눴다.

우연희의 긴장이 풀리면서부터였다. 주로 그녀가 자신이 살아온 이야기를 하는 식이었고 나는 들어 주는 입장이었다.

그렇게 알게 된 그녀의 기벽(嗜癖). 도와주고 싶은 사람을 도촬해 온 것들이 사실은 생활 퀘스트 때문이었다는 사실 또한 알게 됐다.

당시에 우연희는 상태 창은 물론이고 퀘스트 목록조차 띄우지 못했다.

그럼에도 그녀만의 마니또 게임이 성공할 때마다 퀘스트 메시지가 떴기에 계속해 오고 있었다.

"네가 마지막이었어. 도와야 할 대상의 이름이 떴던 건 아니야. 하지만 느낄 수는 있었어. 너도 그랬어. 보자마자 너인 걸 알 수 있었던 거야."

"생활 퀘스트만큼 죽여주는 게 없지. 내가 마지막이라면."

"응"

"그럼 안 끝내고 뭐해. 보상이 코앞인데."

순간 뇌리를 스치고 지나가는 생각이 있었다. 내 입에서 나온 목소리가 차가웠다.

"그러니까 지금이 퀘스트 중이다?"

우연희는 고개를 저었다.

"살기 위해서. 살고 싶어서 했던 퀘스트야. 그걸 해야만 나는 미치지 않는 거였어. 나름대로 심각했어. 우습게 생각하지는 마."

"……"

"살기 위해서 했던 퀘스트인데. 여기를 따라 들어오면서까지 한다고? 그건 모순이잖아. 내가 여기에 들어온 건 계약 때문이야. 돈이 필요해. 많은 돈이."

"내가 어떻게 해 줘야 퀘스트가 끝나지? 너를 향해 감사합니다, 라고 해야 하는 건가."

"아니. 그런 식이 아니야. 달성 조건이 애매해. 그냥 '도움이 되어라' 정도거든."

"……."

우연희는 내게 큰 도움이 되고 있다. 그런데도 아직까지 달성 조건에 이르지 않은 걸 보면, 사람 놀려 먹는 퀘스트가 분명했다.

정확한 정의 없이 애매한 문장으로.

그런 퀘스트들에 대해 들은 적이 있었다. 그런 퀘스트에는 미련을 갖지 말아야 한다.

그래서 단호하게 말해 줬다.

그따위 것들은 포기하라고.

Chapter 8.

시체가 쌓여 갔다.

아무렇게나 뒤엉켜 있는 시체들, 그것들이 허리 높이까지 포개져 있었다.

스무 마리에 가까웠던 녀석들은 셋까지 줄어 있었다.

남은 놈들이 나를 공격하기 위해선 반드시 제 종족의 시체를 뛰어넘어야 한다.

[우연희가 육체 치료를 시전 하였습니다.]

[상처가 소폭 회복 됩니다.]

정면에 떠올랐던 메시지를 흩트리며 내가 먼저 건너뛰었다.

남은 세 녀석에겐 선택권이 없었다.

퍼억!

허공을 날다시피 달려든 녀석에겐 돌처럼 단단해진 왼주먹이 직격했다.

스슷—

푸슉!

녀석의 얼굴을 걷어차 버린 후에는 남은 두 녀석을 빠르게 해치웠다.

"클리어."

우연희는 이미 피범벅이었다.

문 앞.

그녀도 시체를 넘어 들어오기 위해, 어쩔 수 없이 그것들과 부대껴야 했기 때문이다.

고역스러운 표정이면서도 두 눈만큼은 감겨져 있지 않았다. 시체를 넘는 게 지금이 처음은 아니었으니까.

우리는 신중을 기하기 위해 벽을 따라 방 전체를 돌았다.

젠장. 문이 없었다.

우연희가 지도를 확인했다.

"첫 번째 방으로 돌아가야 돼. 다 막혔어."

본시 첫 번째 방에는 문이 네 개였다.

하나는 탈주로인 입구 방으로 향하고, 또 하나는 막다른 길에 부딪칠 때마다 계속 뚫고 나가서 완전히 클리어했다.

최상의 시나리오는 첫 번째로 선택한 진로에서 보스 방까지 직결되는 것이었다. 하지만 이쪽 진로에선 사냥 퀘스트와 대전 퀘스트를 끝마친 것에 의미를 둘 수밖에 없었다.

"그나마 길이 짧아서 다행이었다."

솔직한 심정을 털어놓았다. 우연희도 고개를 끄덕였다.

그녀가 말했다.

"식량과 물은 2주분이 남았어."

방 하나를 뚫을 때마다 하루가 소진됐다.

"그사이에 탈주의 인장을 확보하든지 던전을 끝장내든지 해야 한다."

"시간이 넉넉할까?"

애초에 가지고 들어온 식량 4주분은 적절히 아껴서 먹는다는 전제로 계산되어 있었다.

그러니까 오늘은 던전에 들어온 지 정확히 2주째가 되는 날이었다.

*　　　*　　　*

엄밀히 말하자면 우연희는 F급으로 취급받을 수도 없었다. 능력치 구성 종목이 3개밖에 되지 않기 때문이다.

본 시대에서는 헌터의 등급을 계산할 때 특성과 스킬을 고려하지 않았다.

생각해 보면 당연한 일.

스킬과 특성의 개수나 등급보다, 재사용 시간이 없는 기본 능력에 치중하는 것은 당연했다.

스킬과 특성의 등급이 높다 한들 능력치 제한에 걸리면 무용지물이기도 했다.

S, A급 잠재력 스킬.

다양한 신들의 이름이 붙어 있는 그것들도 마찬가지였다.

단 한 번도 벗어나는 경우가 없었다.

그런 스킬을 보유하고 있는 자들은 기본적으로 마스터 박스 이상에 도전하던 괴물들이었다. 애초부터 능력치가 끝내줬다.

그래서 본 시대에서는 능력치 구성 종목 4개의 평균값으로 등급 딱지를 붙였다. 힐러라고 그 룰에서 벗어날 수 없었다.

F급 헌터와 F급에도 못 미치는 헌터.

그렇게 단둘이서.

최소 E급 헌터 다섯이 공략해야 하는 규모를 도전하고 있는 것이었다.

"보스 몬스터는 차원이 다르겠지?"

우연희가 언급하고 있는 게 그 점이었다.

무려 보스라는 명칭에서 누구나 짐작할 수 있는 일.

단언할 수 있었다.

공략법을 알지 못한다는 가정 하에선 무조건 자살 행위다.

하지만 그런 가정은 무시해도 좋다. 내게는 이번이 네 번째 진입이었다.

첫 진입은 군부에 의해 머릿수 네 명으로만 던져졌다가 겨우 살아남았고, 두 번째 진입에는 열 명으로 구성된 팀원 중 일원으로 던져졌다.

맞다. 두 번째 진입에서 여기 던전의 끝을 봤다.

보스전도.

그리고 생존자 넷이서 벌였던 쟁탈전도.

"지금 신경 쓸 건 보스 몬스터가 아니야. 어느 문을 여냐는 거지. 잘못 고르면 보스에게 도달하기도 전에 끝장날 수 있어."

"……이것도 운발이겠지?"

"그래. 따라와."

지금 우리의 운발은 최고조에 이르러 있다. 그렇게 믿어야 할 것이다.

우연희도 나를 따라서 배낭을 짊어졌다. 문 하나를 특정해 걸어갔다.

첫 번째 통로는 조용했다. 두 번째 방에서 하루를 소비.

그렇게 또 오 일이 지난 날.

우리는 두 번째 방으로 다시 돌아와 있었다. 때는 우연희도 나도 냄새가 지독해졌을 즈음이다. 입고 있는 옷을 포함하여 갈아입어 온 모든 여벌의 옷이 그랬다.

그간 우리는 소량의 물로 적신 손수건으로 얼굴만 닦아왔다.

필드형 던전이라면 물을 찾을 수라도 있을 텐데, 여긴 아니니까.

"컨디션은?"

순간, 우연희는 따뜻한 물에 샤워 한 번만 할 수 있다면 영혼이라도 바칠 수 있다는 듯한 표정이었다. 그렇게 괴로워 보였다.

그녀가 고개를 끄덕여 보이는 것으로 대답을 대신했다.

긍정적 반응.

비록 두 번째 방의 두 개 진로에서 뺑뺑이 돌다가 되돌아와야 했지만 소득이 있었다. 던전 박스 하나가 있었고 거기에서 탈주의 인장을 확보했다. 그리고 그것은 현재 내 가슴에 박혀 있는 중이다.

우연희도 얻은 게 있었다.

누적 포인트로 브론즈 박스를 하나 더 열었다.

그래서 나온 것이 체력 8. 그녀의 체력 수치는 현재 F(20).

전업 운동선수만큼의 지구력과 활동력을 가지게 되었다.

"입구 방으로 돌아가자. 새로운 진로를 뚫어 봐야겠어."

"여기에도 아직 진로가 하나 남았잖아."

아니. 찜찜하다.

"알람 몬스터는커녕 전사들도 마주치지 못했다. 이런 식으로 되는 게 아니야."

"나도 의견을 내 봐도 될까?"

"해 봐."

"그래서 마치 우리를 유인하는 것처럼 느껴졌거든. '이쪽은 안전해, 그러니까 더 깊숙이 들어와 봐' 라는 손짓처럼. 아니면 탈주의 인장을 확보했잖아. 너라도 재충전을 하다가 보급을 다시 해 오는 건 어때? 부모님께서도 연락을 기다리실 텐데."

"어둠 속에 혼자 남아 보겠다?"

"알람이 울리지 않았으니까. 괜찮지 않아? 난 괜찮아."

우연희는 담담하려고 노력하는 기색이 역력했다.

애송이의 생각은 가상하지만, 식량이 아직 다 바닥나지 않은 상태에서 탈주의 인장을 그런 식으로 써먹을 순 없었다.

목숨과도 똑같이 여겨져 왔던 게 바로 탈주의 인장이다.

그쯤에서 아직 열지 않은 문 하나로 시선을 돌렸다. 우연희가 했던 말이 떠올랐다.

마치 우리를 유인하는 손짓 같다라…….

그래. 그런 경우들도 더러 있어 왔다.

우연희의 직감이 맞아떨어졌다.

바꾸지 않은 진로의 네 번째 방에서였다. 붉은 안광을 번뜩이는 놈이 있었다.

뿐만 아니라 두 마리의 데클란 전사가 놈을 보호하듯이 서 있었고, 일반 견졸들이 주변을 맴돌고 있기까지 했다.

이 방은 빈방이 아니었다.

수십 개의 작은 굴들이 지하로 파져 있다.

운발 좋았던 녀석은 이런 장소를 보물 방이라고 불렀고, 정신계 힐러를 달고 있는 내게도 지금부터는 똑같은 명칭으로 불리기에 마땅했다.

어쨌든 보물 방에 도달했다는 것은 진로가 틀리지 않았

다는 뜻이다.

보스 방이 바로 너머에 있었다.

여기를 뚫을 경우에!

실내의 모든 몬스터가 한눈에 들어왔다. 그것들에게 응집되어 있는 강렬한 살의가 내게 한 번에 쏟아지는 것만 같았다.

몸이 자연스럽게 떨려 오지만 그래서 더 해야만 하는 게 있었다.

[인장 '봉쇄'를 사용 하였습니다.]

실내의 벽을 따라 붉은 기운이 퍼져 나갔다. 마치 커다란 붉은 그물로 실내 전체를 뒤덮은 듯, 기묘한 기운들이 전면에서 일렁거렸다.

사방의 핏빛.

그게 놈들의 분노를 더 자극하는 것이야 당연했다.

쌍두 놈들도, 온갖 견졸들도 환장했다.

크아아악—

그것들이 울부짖는 괴성으로 인해 순간 귀가 먹먹해질

정도였다.

고작 F급 던전의 어느 방 하나가 지옥처럼 변해 버렸다.

    [인장 '신속' 을 사용 하였습니다.]

    [남은 횟수: 1]

    [민첩 등급이 변동 되었습니다. 변동 : F → E]

우연희를 소리쳐 부르기도 전, 그녀가 반드시 해야 할 일을 했다.

지금까지 거쳐 왔던 정비 시간들에서 충분히 시험해 봤다.

우연희의 스킬 용맹은 헌터 전용 약물을 삼킨 것 같은 효과가 있었다.

정신적인 면에서만큼은.

    [우연희가 용맹을 시전 하였습니다.]

    [투지가 소폭 상승 합니다.]

체온이 상승한 것일까. 뛰던 심장이 가라앉는 것은 아니다.

하지만 손끝의 자연스러운 떨림이 사그라졌다.

[철갑을 시전 하였습니다.]

[오딘의 분노를 시전 하였습니다.]

준비가 끝났다.

이래도 지옥 저래도 지옥이라면, 이왕이면 놈들을 다 죽여 버린 후의 지옥을 선택하겠다.

"다 썰어 버린다아악!"

아비규환(阿鼻叫喚).

그것은 무간지옥에 가득 차 있는 비명들을 뜻하는 사자성어. 극악한 죄를 저질러 지옥에 떨어진 자들이 혹독한 고통을 견디지 못하여 울부짖는 소리.

우연희에게 그토록 주입시켜 왔던 던전의 금기 사항은 잊었다.

"윽!"

내가 비명을 지르면, 반대편에선 더 큰 비명이 터졌다.

"끄르륵!"

*　　　*　　　*

우연희가 볼 때.

남자는 자신의 생명을 담보로 괴물들의 생명을 갉아먹고 있었다.

많은 것들을 보고 겪었다.

더 끔찍할 수 없을 거라던 광경들이 다음 날의 새로운 광경에 묵살되면서.

조금은 나아질 거란 기대 따윈 진즉에 버렸다.

지금이 또 그랬다.

주인 잃은 괴물들의 팔다리가 날아다닌다. 그 사이로 시체가 늘어 가고 있어도, 남자의 육신을 갈구하는 괴물들이 또 채워졌다.

눈앞의 광경은 지옥에서 살아남기 위한 한 인간의 발악과도 같았다.

"어떻게……."

남자가 지옥의 문을 연 직후 보내 왔던 두려운 감정이나, 지금 자신이 떨고 있는 것은 남자의 말처럼 자연스러운 반응이었다.

살기 위해서 숨을 쉬어야 하는 것처럼 말이다.

그래서 우연희는 남자가 보여 왔던 그리고 보여 주고 있는 모습들을 이해하기 힘들었다.

남자는 두려움과 고통을 제 힘으로 승화시켜 왔다.

단순히 물리적 힘을 뜻하는 게 아니다.

던전에 들어온 지 3주.

자신은 죽을힘을 다해서 하루하루 겨우 버티는 정도인
데.

남자의 눈빛은 첫날부터 달라진 바가 없었다.

오히려 점점 또렷해져 갔다.

남자는 던전을 두려워하면서도 발걸음만큼은 멈추지 않
았다.

누구처럼 공포에 잠식되지 않았다.

"어떻게 저럴 수가 있지……."

남자를 믿고 기다려야만 한다.

남자는 기필코 살아남을 것이다.

그 때 남자를 치료해 줄 사람은 자신밖에 없었다.

그러니까 자신도 어떻게든 살아남아서…….

*   *   *

주술사가 쌍두 놈 하나를 강화시켰을 때가 가장 위험했
던 순간이었다.

근력과 민첩에 있어서 역경자를 터트린 나와 맞먹을 정
도였으나, 놈에게는 안타깝게도 오딘의 분노가 없었다.

모든 능력치가 다 그렇겠지만 특히 근력은 한 등급 차이가 하늘과 땅 차이.

그 결과가 눈앞에 펼쳐진 시신들이다.

쌍두 둘에 주술사 그리고 일반 견졸들까지 반백 마리의
시신.

그러고도.

[역경자 지속 시간: 0시 2분 12초]

2분이 남았다. 우연희 쪽으로 놓친 녀석도 없었다.

더할 나위 없이 완벽했다.

특성 효과가 사그라진 뒤에 시작될 고통만 제외한다
면……

한편 마지막 남은 주술사를 처치하면서 방 깊숙이 들어
와 있었다. 내게는 통로 쪽의 우연희가 보이지만, 우연희는
나를 볼 수 없는 거리였다.

그녀는 이쪽이 거짓말처럼 조용해진 지금에도 석궁만 겨
누고 있었다. 눈물 한 줄기가 흘러내리고 있지만 울상은 아
니었다.

어둠을 노려보고 있는 다부진 표정.

그녀가 나를 기다리고 있다.

"클리어."

우연희 쪽으로 걸음을 옮기며 말했다. 우리의 시선이 중간에서 마주쳤다.

"얼마나 남았어?"

우연희가 물었다.

"1분 53초."

"우선 깨끗한 장소로 옮기는 게 좋겠어."

그러면서 내 겨드랑이 사이로 얼굴을 집어넣는 우연희였다.

"내게 기대."

우연희가 정신계이기 때문일까. 아니면 우리 누구도 몰랐던 굳센 마음이 그녀 본인에게 잠재되어 있었던 것일까.

제법 동료 같이 굴고 있는 그녀를 내려다보다가 고개를 끄덕였다. 삐그덕거리는 온갖 부위가 걸음을 방해하고 있었다.

"보물 방에 이르렀다는 것은 보스전이 코앞이란 거다. 마리의 손길은 쓰면 안 돼. 지금 내가 어떤 꼴을 하고 있든지 간에 절대."

순간 우연희의 눈동자가 흔들렸다.

거짓말하다 들킨 아이 같은 얼굴이었다.

내가 했던 무슨 말이 꾹 참고 있던 그녀의 뭔가를 건드리고 말았는지, 그녀의 고개가 푹 숙여졌다.

어깨가 흔들렸다.

제 입을 막고 있는 손 사이로 흐느끼는 소리가 흘러나왔다.

그녀가 입을 꽉 다문 얼굴로 고개를 들었다.

그러고는 말했다.

"내 체력 수치로는 감당할 수 없잖아. 그치?"

"알면 됐다. 이쯤에서 자리를 잡자."

[역경자 지속 시간: 0시 0분 42초]

"곧 난 정신을 잃겠지. 누적 포인트는?"

"200포. 박스를 열 수 없어."

"내가 정신을 잃은 동안 방 안의 굴들을 뒤져."

"치료가 우선이야."

"당연한 말은."

[역경자 지속 시간: 0시 0분 28초]

"뒤지다 보면 던전 박스를 찾을 수 있을 거다. 던전 박스들을 찾은 후, 손대지 말라는 말도 이번이 마지막이야."

"다른 지시는?"

"내가 정신을 차릴 낌새를 보이면 떨어져 있어. 비몽사몽 중에 널 공격해 버릴지도 모를 일이니까."

"그리고?"

"더는 없어."

[역경자 지속 시간: 0시 0분 16초]

자리를 잡고 누웠다.

그렇게 1초 1초 곧 다가올 고통을 기다리고 있던, 갑자기였다. 우연희가 피투성이인 내 손을 움켜쥐는 것이었다.

"네 손도 같이 부서져 버린다. 빨리 놔."

"그 지시. 이번 한 번만 어길게. 봐 줘."

[역경자 지속 시간: 0시 0분 2초]
[역경자 지속 시간: 0시 0분 1초]
[역경자 효과가 사라집니다.]

우연희의 손을 뿌리치기엔 늦었다.

"헉!"

순간적으로 강력한 충격과 함께 허리가 꺾여 버렸다. 온 세상이 시뻘게져 버린 직후, 두 눈알이 충격에 못 이겨 터져 버린 건가 싶었다.

강화된 쌍두 새끼의 손톱이 파고들었던 복부는 정말로 타 버렸다고 느꼈다.

생각은 거기까지였다.

나는 시뻘건 세상에서 몸부림칠 수밖에 없었다.

오른손에 잡혀 있는 작은 것 하나를 꽉 움켜쥔 채로.

"커어어어…… 어헉!"

*   *   *

불쾌했다.

정신을 차리자마자 떠오르는 얼굴이 일악, 그놈이라니.

사전 각성자에 사기 특성 보유자라는 이유만으로 놈이 치러 왔을 고통의 세월들을 무시해 왔었다. 놈을 다시 평가할 수밖에 없었다.

눈을 떴을 때 우연희는 없었다.

하지만 소중한 생수병 하나와 진통제가 손에 닿는 곳에 있었다.

그녀는 보물 방에 있었다. 예상했던 대로였다.

"선후야?"

우연희가 놀란 목소리를 냈다.

그녀의 가시거리 안까지 들어가서 바닥에 엉덩이를 붙였다.

"아직은 힘들군."

"움직이면 안 돼. 누구보다 잘 아는 사람이 왜 그래."

"던전 박스는?"

"세 개 찾았어."

대답을 듣자마자 우연희가 빈 깡통을 표지판 대용으로 삼고 있다는 걸 깨달았다.

수십 개의 굴 중에 깡통이 놓인 곳이 있었는데, 우연희가 말했던 숫자와 일치했다.

"다 뒤져 봤어. 그리고 놓친 게 있나 다시 처음부터 돌아보고 있던 중에 네가 온 거였고. 좀 더 누워 있지 그랬어. 금방 돌아갔을 텐데."

"어느 세월에."

일어나려고 자세를 잡았다. 그러자 우연희는 할 수 없다는 듯이 나를 부축했다.

굴은 좁았다. 포복으로만 들어갈 수 있었다. 전신이 굴 안에 잠기게 된 순간에도 높이가 커지는 것 없이 처음의 높이와 너비가 같았다.

우연희가 나를 따라서 기어 들어오고 있었기 때문에 기다릴 필요가 없었다.

던전 박스에 접근한 즉시 손을 뻗었다.

[박스를 개봉 하시겠습니까?]

"물론."

[역경자가 7 상승 하였습니다.]
[현재 수치: F (7)]

두 번째 던전 박스 차례.

[공포증(송곳)을 획득 하였습니다.]
[송곳 (공포증)
효과: 날카롭고 뾰족한 사물들에 대한 공포를 소폭
유발합니다.
등급: F]

굴 밖으로 나왔을 때 구석에 치워져 있는 견졸 시체들이
시선에 잡혔다.
확실히 신경 쓰이는 구석이 있었다. 유독 그것들의 이빨
과 손톱들이 확장되어 보이는 게 의식될 정도였으니까.

저런 것들에게 물리거나 꿰뚫리면 실로 아플 것이다.

"저주야?"

"그래. 치워 줘."

[우연희가 공포증 치료를 시전 하였습니다.]

[공포증(송곳)이 사라졌습니다.]

남은 던전 박스 하나는 우연희의 스킬이 충전된, 다음날 시도했다.

화악—

[괴력자가 5 상승 하였습니다.]

세 개의 던전 박스 중 한 개만 저주가 뜨고, 나머지 두 개에서 뜬 내용물은 리빌딩 때에도 유지될 특성 수치가 떴다.

이만하면 운수 대통이다. 더는 의심할 게 없었다. 운발이 확실히 붙었다.

그럼에도 쾌재를 부르짖을 수 없던 건 다음 방이 보스 방일 가능성이 매우 높기 때문이었다. 좋은 결과 앞에서도 마음이 가라앉아 있었다.

　　　　　＊　　　＊　　　＊

　　[이름: 나선후

　　체력: F(23) 근력: E(0)

　　민첩: F(15) 감각: F(25)

　　누적 포인트 : 295

　　특성(3) 스킬(3) 인장(2) 아이템(2)]

　　[특성 — 역경자: F(7) 괴력자: F(5) 탐험자 : F(0)]

　　[스킬 — 오딘의 분노: F(6) 철갑: F(0) 개안: F(0)]

　　[인장 — 신속(E) 탈주(F)]

　　[아이템 — 속박의 메달(E) 눈먼 자들의 반지(F)]

　본 시대에서의 상태 창에 비하면 조촐하기 짝이 없는 구
성이었다. 하지만 성장 속도만큼은 당시와 차원이 달랐다.

　보스를 잡고 더 성장하고야 말 것이다.

　그쯤에서 우연희를 바라보았다. 그녀는 몇 개 남지 않은
통조림과 생수병을 바라보며 그녀만의 고민에 빠져 있었
다.

　나는 조용히 자리에서 일어났다. 다음 방으로 넘어가는
문은 하나뿐.

　우연희가 따라붙었다.

주문을 외우듯이 속으로 중얼거렸다.

비어 있어라. 비어 있어라. 통로는 반드시 비어 있어야만
한다.

그러고는 밀었다.

끼이익—

고막을 긁어 대는 소리와 함께 문틈이 벌어지기 시작했
다.

아!

전방의 광경에서 눈을 뗄 수가 없었다. 황량한 공간만 끝
까지 펼쳐져 있는 게 전부. 하지만 아무것도 없이 적막한
전방은 몬스터들이 득실대는 것 이상으로 시사하는 바가
컸다.

정비 기간 중에 우연희에게도 들려주었다. 랜덤하게 리
셋되는 던전이라고 해도 배치 구조만큼은 일정한 법칙이
있다고.

보물방 다음에 빈 통로 그리고 보스 방으로 이어진다고
말이다.

우연희는 눈앞의 통로만큼이나 조용해졌다.

나도 그랬다.

우리는 빈 통로를 한참 동안 응시하다가 조용히 문을 닫
고 돌아왔다.

"일단 먹자."

그 말이 처음이자 끝이었다.

얼마 남지 않은 식량들로 배를 채우는 동안에도, 식사가 끝난 후에도 우리 사이에는 대화가 사라져 있었다. 마치 우리 누구도 숨을 쉬지 않는 것 같은 시간들이 느릿하게 흘러가기 시작했다.

그러다 우리는 서로 약속하기라도 한 듯이 뒤로 누워 버렸다.

잘 수 있는 만큼 자고 일어났다.

하지만 개운하지 않았다.

몸을 풀면서 우연희를 기다리려고 했다. 원래는 하루가 넘게 잠들어도 그녀를 깨우지 않을 생각이었다.

"으……"

그런데 우연희에게서 신음 소리가 나오고 있었으며 인상도 찌푸려져 있었다.

눈 전체가 눈 밑에서부터 떨리고도 있었다. 그녀는 악몽에 시달리고 있던 것이다. 나도 개운치 못했던 게 그 때문이었다.

우연희를 흔들어 깨웠다. 그녀가 혼잣말처럼 말하며 눈을 떴다.

"준비됐어."

"내 계획이 적중한다면…… 그 어느 때보다 빠르게 끝날 거다. 지금까지도 살아남았는데, 그 찰나를 참지 못하고 죽어 버리거나 하진 않겠지?"

주의 사항을 다 들은 우연희가 자리에서 일어났다. 우리는 통로로 들어갔다.

뚜벅. 뚜벅.

긴장된 두 사람의 발걸음 소리만 존재하는 곳이었다.

통로가 이렇게 길었던가. 아니면 우리가 느려져 버린 것인가.

이윽고 문 앞.

외양으로는 지금까지의 문들과 조금도 다르지 않으면서도 존재감이 대단하게 느껴졌다. 공포증에 걸린 것도 아니었다. 그럼에도 문 표면의 거친 질감이 너무도 뚜렷하게 느껴졌다.

벌써부터 보스 몬스터의 사나운 울음소리가 문을 뚫고 나오는 것만 같았다.

공략법을 알고 있지만 그것이 무조건적인 성공을 의미하는 건 아니었다. 하지 말아야 할 것들을 알고 있는 것뿐이다.

한 번의 실수가 전멸로 직결되기 마련.

후.

짧은 숨 한 번에 온 긴장이 다 떨어져 나갈 리가 없다.

빠르게 뛰기 시작한 심장은 단연코 기분 좋은 두근거림 따위가 아니었다.

명백한 경고였다. 지금이라도 늦지 않았으니 되돌아가라는.

나는 우연희를 향해 고개를 끄덕여 보였다.

화답하는 우연희의 고갯짓이 삐거덕거렸다.

[오딘의 분노를 시전 하였습니다.]

[대상: 본인]

본래도 뜨고 있던 눈이 한 번 더 크게 떠지는 느낌을 받는 순간.

눈앞에서 퍼런 불꽃이 튀었다.

빠지직.

빠지직—

몇 개의 날카로운 선들이 사지를 감싸 돌며 나타났다. 그러고는 사라졌다가 나타나길 반복하는 것으로 자리를 옮겨 다니기 시작했다.

"보스 방에 진입한다."

전방의 광경을 확인할 것도 없었다. 문을 민 그대로 방

안으로 몸을 던졌다.

＊　＊　＊

피부가 조금 더 진한 것 외에는 머리가 두 개 달린 데클란 전사와 모습이 같다.

하지만 뼈저리게 알고 있다.

저것이 어떤 존재이며, 어디까지 무서워질 수 있는지!

제일 끝, 단상 같이 올라가 있는 높은 지대.

거기에 엉덩이를 깔고 앉아 있는 존재가 바로 보스 몬스터였다.

놈은 내가 난입했어도 그저 바라보고만 있을 뿐이었다. 만사가 귀찮은 노왕(老王) 같아 보이지만 저 모습에 속아 넘어가서는 안 된다.

두 번째 진입 때, E급 헌터 열 명 중 여섯이 저놈에게 사지가 갈렸지 아니한가.

놈 대신 견졸들이 득달같이 달려오고 있는 전면에서 뇌리를 번뜩이는 광경들이 있었다. 흑백 사진처럼 몹시 오래된 기억들…….

과거에도 이런 식으로 시작됐었다.

주술사도, 데클란 전사도 없는 견졸들 무리에 우리 중 누구는 코웃음을 쳤었다. 그자를 시작으로 견졸들을 무차별하게 사냥하기 시작했었다.

그때까지만 해도 그래서는 절대 안 된다는 사실을 깨닫지 못했었다.

보스 몬스터가 견졸들이 죽는 수에 비례해서 강해진다는 것을 깨닫게 되었을 때는, 이미 놈이 악마로 변해 버린 뒤였었다.

[인장 '신속'을 사용 하였습니다.]
[인장 '신속'이 제거 되었습니다.]

지금은 나부터가 돌진하고 있었고, 수많은 견졸들도 좁혀 들어오는 형세였다.

어떻게든 빈 공간을 파고들어야 하는데 놈들의 수가 많았다.

없다면 만들어야만 한다.

오딘의 분노를 무기에 집중시키기보단 조금이라도 민첩이 향상되도록 내 전신에 퍼트린 이유가 거기에 있었다.

[철갑을 시전 하였습니다.]

한 놈을 특정한 대로 주먹을 꽂아 넣었다.

E 등급의 근력과 돌처럼 단단해진 주먹 그리고 뇌력(雷力)까지 더해지면, 일격에 놈의 얼굴을 함몰시킬 수도 있을 일이다.

그러나 그것은 절대!

절대 해서는 안 되는 일이었다.

그건 노왕의 분노를 깨우는 일.

노왕은 제 병졸들이 죽는 것을 목격할 때마다 분노를 중첩해 나가다, 결국엔 진노한 혈왕(血王)으로 변해 하찮은 우리 양민들을 학살해 버리고 만다.

단언컨대 왕이라고 불릴 만한 존재는 놈밖에 없을 것이다. 여기에서만큼은.

퍼억!

가슴에서 비껴 나간 어깨 부위였다.

빠지직.

묵중한 타격감과 함께 소량의 뇌력이 눈앞에서 튀었다.

견졸 녀석이 뒤로 나가떨어졌다.

녀석을 훌쩍 뛰어넘은 뒤에 아슬아슬한 통증이 다리에서 번졌다.

아마도 녀석이 바닥에서 휘두른 손짓에 할퀸 것이겠지.

하지만 무시했다.

몇 겹이나 되는 포위망을 뚫고 단상까지 돌진한다는 것은, 단순히 눈앞의 견졸들만 상대해야 한다는 것을 의미하는 게 아니다.

뚫고 지나온 뒤 공간에서도 견졸들이 어김없이 밀려온다.

당연히 앞과 옆에서도 견졸들이 몰려들고 있었다.

쓰러졌던 녀석도 다급히 일어나서는 내 등을 노리고 있을 게 분명했다.

본 시대에서의 감각 등급이었다면 추정으로 끝나는 게 아니라 확신이었을 테지만.

그런 걸 따지고 있을 여유가 없었다.

무조건 단상까지 도달해야만 했고, 내 발목에는 가능하면 녀석들을 죽여서는 안 된다는 족쇄가 채워져 있었다. 치명적이고 몹시 무거운.

방해물을 밀어 찼다.

녀석의 뒤에 있던 것까지 함께 나뒹굴었다. 빈틈이 보였다.

그러던 찰나.

"큭."

충격이 번졌다.

등 쪽.

등에서도 왼쪽에 치우친 부분에 큰 무게가 부딪친 것이다.

근력 등급을 한 등급 상승시키지 못했다면 그 즉시 튕겨져 나갔을 순간임에는 분명했다.

함께 나뒹굴지 않는 대신, 놈의 쩍 벌린 아가리가 시선 가득히 차 들어오던 순간이었다.

콰직.

"읍!"

일단 일어서는 녀석을 또 밀어 차 버린 다음.

어깨를 물고 있는 대가리를 한 손으로 움켜쥐었다. 그러고는 있는 힘껏 뒤로 젖혔다.

불에 덴 듯한 통증이 어김없이 쑤셔 들어왔다.

살점이 어지간히도 뜯긴 게 분명했다.

콸콸 흘러나올 핏물이나 그 안으로 당연히 드러나 있을 뼈 따위를 확인할 시간이 있다면, 그 시간에 뚫을 수 있는 공간을 찾아야 할 일이었다.

눈알을 굴렸고 방향을 틀었다.

두셋씩 겹쳐 들어오는 곳보단 한 녀석만 동떨어져 있는 곳.

저기다!

모든 녀석들이 그랬다. 녀석도 나를 노려보며 달려드는

중이었다.

　　[우연희가 용맹을 시전 하였습니다.]

　　[우연희가 육체 치료를 시전 하였습니다.]

　　[상처가 소폭 회복 됩니다.]

　힐과 버프가 들어왔다. 그녀에게는 가시거리 끝을 유지
하라고 지시했었다.

　우연희의 가시거리는 7미터. 그 말인즉, 지금까지 고작
해야 7미터밖에 뚫지 못했다는 거다. 할 수 있는 한 빠르게
움직이고 있는 건 맞다.

　나를 중심으로 한 시간이 한없이 느려졌을 뿐.

　한 녀석을 차고 뛰어넘던.

　그때였다.

　수많은 것들의 어깨 너머로 보스 몬스터가 일어서고 있
었다. 견졸 중 어떤 것이 우연희에게 관심을 돌렸으며, 또
우연희는 그 녀석을 죽이는 데 성공한 것이 틀림없었다.

　역시.

　　[1 포인트를 분배 받았습니다.]

징그러울 정도로 많은 녀석들이 깔려 있는데, 우연희에게 튈 녀석이 어떻게 없겠는가.

녀석들을 최대한 죽이지 말아야 한다는 리스크는 오로지 내 몫이었다. 우연희에게는 그런 족쇄를 채울 수도 없고 채워서도 안 되는 일이었다.

그래서 지시했었다.

그녀에게 튀는 몬스터가 있을 경우에는 어떻게든 살아남아서, 가시거리를 유지하라고 말이다.

*　　*　　*

빠르게 달려오는 표적의 한 점을 노리기란 대단히 어려운 일이다.

겁에 질려 있는 상태에서는 더더욱.

슉─

그러나 우연희가 쏜 화살은 견졸의 눈에 정확히 꽂혔다.

그녀는 기뻐하거나 안심할 틈 없이, 문 뒤의 벽으로 몸을 감췄다. 석궁을 한 손에 몰아 쥐었다. 화살을 장전할 틈이 없었다. 남은 한 손으로 단검을 빠르게 꺼냈다.

바닥을 기어 온 견졸의 대가리가 우연희의 시선 안에 잡혔다.

그때 우연희가 작은 몸을 던졌다. 한 치의 망설임이 없었다. 불에 닿으면 놀라서 손을 빼는 것처럼 반사적인 행동이었다.

그녀는 견졸에 닿자마자, 그것의 목에 단검을 찔러 넣었다.

푸슉!

그녀의 얼굴 위로 핏물이 뿌려졌던 그때에도 메시지는 뜨지 않았다.

그래서 우연희는 멈추지 않았다. 견졸의 가슴을 찌르는 게 더욱 치명적이라는 걸 모르지 않지만, 견졸의 가슴은 바닥에 깔려 있었다.

푸슉! 푸슉! 푸슉!

피가 사정없이 튀어 댔다.

[데클란 전투병을 처치 하였습니다.]

우연희는 바로 일어나지 않았다.

이미 눈을 뜨기 힘들 만큼 제 얼굴에 많은 피가 튀어 있었다. 그럼에도 그녀는 더 많은 피를 탐냈다.

견졸의 목에서 흘러나오는 피를 손에 묻혀 얼굴에 바르는 등.

드러나 있는 모든 피부 부위에도 똑같은 짓을 했다.

그런 뒤에야 견졸의 시체를 짚고 일어섰다.

석궁에 화살을 걸 때 우연희는 정말로 간절했다. 스킬 용맹이 필요한 건 선후가 아니라 자신이었다.

손이 몹시 떨리고 있기 때문이었다.

거기에 쥐어져 있는 화살마저 눈에 띄게 흔들리고 있는 건 당연했다.

어떻게든 화살 장전을 끝낸 우연희는 문 너머를 확인하며 다시 움직이기 시작했다.

가시거리 안에 들어오는 게 아무것도 없었다.

전방의 어둠 속에서 괴성만 울리고 있다.

매우 조심스럽고 긴장된 발걸음을 뗐다.

자세도 기다시피 낮추며.

고양이처럼 천천히.

곧 수많은 견졸들의 뒷모습이 눈에 들어왔다.

그녀가 부릅뜬 눈으로 전방을 노려보고 있는 이유는 찾고 있는 얼굴이 보이지 않기 때문이었다.

견졸들이 너무 많았다.

그러다 찰나였다.

온갖 뒤통수들 사이로 악에 받쳐 있는 한 남자의 얼굴이 나타났다가 사라졌다.

그러고는 또 보이곤 했다.

*   *   *

보이는 모든 게 녀석들의 대가리와 손이었다.

순간의 임기응변으로 돌파할 수 있는 선이 여기까지란 걸 직감했다.

보스 몬스터까지는 아직도 한참 남았다. 그런데 늘 굶주려 있는 아귀(餓鬼)의 팔들이 모든 방향에서 허우적거리고 있었다.

철갑을 두른 왼팔로 얼굴부터 막았다. 정확히는 눈을 보호했다.

오른팔은 가슴에 비스듬히 붙였다. 이 아귀 떼들에게 육신을 고스란히 내줄 수밖에 없을지언정, 눈과 중요 장기만큼은 안 된다.

단 한 걸음이라도 좁히고자 사방의 압박을 견디고 있었다.

"크…… 아…… 아……."

산을 미는 정도가 아니었다.

천지와 사방이 칼날과 갈고리뿐인 세상.

그런 세상에 홀로 떨어져 있는 것만 같았다. 거기에 더할 수 없는 고통이 동시에 터질 때면 불기둥들도 치솟는 세상이 되었다.

그 순간, 한 줄기 빛이 내려왔다.

[우연희가 육체 치료를 시전 하였습니다.]

[상처가 소폭 회복 됩니다.]

내 목을 뒤로 꺾지 못해서 안달 난 갈고리도, 내 심장을 기필코 쑤셔 버리고 말겠다는 듯 팔 위를 긁어 대는 칼날들도.

잠깐 동안은 잊을 수 있었다.

그래서 몇 걸음 더 나아갔던 것 같다. 내게 이빨을 박아 버린 몇 놈을 달고서 말이다.

그리고 때가 왔다.

[역경자가 발동 됩니다.]

[체력 등급이 변동되었습니다. 변동: F → E]

[근력 등급이 변동되었습니다. 변동: E → D]

[민첩 등급이 변동되었습니다. 변동: E → D]

[감각 등급이 변동되었습니다. 변동: F → E]

[오딘의 분노 효과가 변동되었습니다. 변동: F → E]

[부상이 소폭 회복 됩니다.]

[일시적으로 고통을 잊습니다.]

제한시간은 5분.

팔을 일시에 휘둘렀다.

거기에 손톱을 박고 있던 것들이 튕겨 날아가며 공간이
벌어졌다.

녀석들이 던져진 방향으로 몇 겹이 득실대고 있었어도
실어 넣은 무게를 이기지 못한 것이다.

장벽을 밀어서 허물어트린다는 각오로 움직였다.

뇌력이 생성하던 불꽃들은 한 등급 더 활발해진 움직임
을 보였다.

빠지직. 빠지직―

거기에 닿은 것들이 놀란 비명을 터트리기 시작했다. 뒈
질 정도는 아니다. 타격 없이 그저 효과만 요란하지 않은
가.

반면에 내 양손에 밀리고 있는 두 녀석만큼은 사정이 달
랐다. 내게만 밀리는 게 아니었다. 녀석들의 뒤에서도 제
종족들이 밀어 대고 있었다.

두 녀석이 앞뒤에서 오는 압력에서 빠져나가지 못할 정
도에 이르자, 내 양손은 두 녀석의 가슴 안을 침투하기 시

작했다.

뇌력으로 피부와 단백질 덩어리들을 태워 버리면서.

두 녀석이 죽어 버리기 전에 황급히 치워 버렸다. 그러자 새로운 놈들이 또 채워진다.

두려움이라곤 모르는 녀석들이기도 했지만.

오로지 나만 피를 흘리고 있기 때문이었다.

지금 이 순간에도 내 핏물일 수밖에 없는 것들이 눈을 찔러 들어오고 있었다.

내 피가 녀석들의 갈증을 더 부추기고 있다.

죽여 버리면 금방인 것을!

다 짓이겨 버리고 싶다는 충동이 머리끝까지 치밀어 올랐다.

제한 시간이 빠르게 줄어들고 있지 않은가.

근력은 녀석들을 죽이지 못하면 소용이 없고, 민첩도 공격을 피할 공간이 나지 않으면 마찬가지였다.

역경자는 무적이 아니다. 단지 고통을 느끼지 못할 뿐이다.

그때에도 내 살점과 핏물들이 눈앞을 스치며 사라졌다.

젠장!

아가리가 또 시선에 가득 차 들어오고 있었다.

쩍 벌어진 위아래로.

긴 혀와 함께 송곳니들이 번뜩인다. 한 놈이 아니라 두 놈.

그것들 아가리에 양 주먹을 쑤셔 넣은 결과는.

[데클란 전투병을 처치 하였습니다.]
[데클란 전투병을 처치 하였습니다.]

보스 몬스터가 나를 흥미롭게 쳐다보기 시작했다. 거리가 상당히 좁혀져 있었기에 비로소 녀석의 표정이 제대로 보였다.

그러던 갑자기 놈의 미간이 꿈틀거린 까닭은 이어진 메시지 때문이었다.

[1포인트를 분배 받았습니다.]

내 쪽이 아니라 우연희에게서 온 것이다. 그녀가 죽지 않고 잘 따라오고 있었다.

지금까지 죽은 견졸의 수는 네 마리.

아직까지는 괜찮다.

보스 몬스터는 신체 변화 없이 감정에만 시동이 걸린 것뿐.

과거에 우리들은 보스 방의 팔 할 이상을 죽인 다음에서 야, 공략법을 깨달았었다. 네 마리는 당시에 비하면 티도 안 나는 수준이다.

그러니까 역경자가 끝나기 전에 도달하기만 하면 되는데.

빌어먹을. 빌어먹을. 빌어먹을!

전신이 나사 풀린 쇳덩이처럼 통제 불능까지 이르렀다.

견졸들을 뿌리칠 때마다 보이는 내 팔의 상태는 참혹하기 그지없었다. 철갑을 두른 쪽도 허물어지고 있었다. 하물며 다른 신체들은 두말하면 잔소리겠지.

"으아아!"

새로 만들어진 공간으로 향했다. 그리고 또 공간을 만들며 한 걸음씩 나아갔다.

이윽고 비탈이 시작되는 지점에 도달했다.

비탈의 중간까지 올라가는 동안 뿌리쳐야 했던 녀석들은 셀 수 없을 정도로 많았다.

이윽고 비탈 중간.

남은 시간은?

[역경자 지속 시간: 0시 1분 15초]

앞에 몰려 있는 녀석들을 치우는 게 급선무였다.

그것들은 러시아의 수호 기사를 자처했던 헤지 펀드들 이상으로 그것들의 왕을 지키기 위해 혈안이 되어 있었다.

[괴력자가 발동 하였습니다.]

한 녀석이 이빨을 박자마자, 뒤로 나가떨어졌다.

그것을 시작으로 마지막 분투를 시작했다.

마침내.

나와 보스 몬스터 사이에 아무것도 없어진 때였다.

지금이다!

한 번도 허벅지에서 빼지 않았던 단검을 꺼낸 즉시 던졌다.

신체 변화가 시작된 놈이었다면 피하기는 물론, 적중했다고 해도 별 탈이 없었을 것이다.

하지만 놈은 D등급의 힘과 빠르기로 던져진 단검 앞에서, 반사적으로 몸을 움찔하는 게 전부였다.

늦어도 한참 늦었다.

놈이 뒤로 튕겨져 날아갔을 때 분명히 보였다.

단검이 놈의 가슴 속으로 사라져 버린 광경을 말이다! 손잡이 부분도 함께!

"우연희이이이—!"

[우연희가 마리의 손길을 시전 하였습니다.]

그 즉시.

한 여자의 처절한 비명 소리가 빠르게 울렸다가 빠르게 사라졌다.

더는 막힘이 없었다.

산산조각 났던 톱니바퀴들이 다시 완벽한 모습으로 운동을 시작한 것처럼, 모든 움직임에 힘이 실리고 신속해졌다.

한때 악마의 형상으로 우리들을 학살했던 놈이 지금은 지극히 평범한 모습으로 쓰러져 있었다.

그 대가리를 밟아 버렸다.

콰직!

하나 남은 대가리 역시.

콰직!

그 순간에 비탈 아래에 운집해 있는 괴물들을 의식할 수밖에 없었다. 이것들이 우연희의 피 냄새에 끌리고 있었다.

보스 몬스터의 가슴을 짓밟아 버리는 것을 마지막으로 뛰어 내려왔다.

[퀘스트 '우는 얼굴, 웃는 얼굴'의 완료 조건을 충족
하였습니다. 최초와 차순위자를 합의하에 결정하여 주
십시오.]

그때부터는 막힘이 없었다.

고삐 풀린 황소가 되어서 닥치는 대로 처치했다. 직전까
지는 오로지 보스 몬스터를 향해서였지만 지금은 우연희를
향해서였다.

던지고 터트리고 꿰뚫어서.

여자 주위의 것들까지 치워 냈다.

그러자 피 웅덩이 속에 빠져 있는 여자의 모습이 고스란
히 드러났다.

그녀는 세상 끔찍한 몰골이었다.

그녀를 안아 들 때였다.

아직도 정신을 잃지 않았던 것인가. 그녀의 입술이 열렸
다 닫혔다.

"내…… 가…… 차…… 순…… 위……."

죽어 가는 숨소리에 불과한 것을 시스템이 인지한 모양
이었다.

"그래. 내가 최초다."

[퀘스트 '우는 얼굴, 웃는 얼굴'을 완료 하였습니다.]

[1500 포인트를 획득 하였습니다.]

[최초 완료 보상으로 '골드 박스'를 획득 하였습니다.]

[모든 퀘스트를 완료 하였습니다.]

[1500 포인트를 획득 하였습니다.]

[최초 완료 보상으로 '골드 박스'를 획득 하였습니다.]

[축하합니다. 각성자 최초로 던전 내 모든 퀘스트를 완료 하였습니다.]

[최초 완료 보상으로 '다이아 박스'를 획득 하였습니다.]

[축하합니다. 각성자 최초로 던전 파괴 조건을 달성 하였습니다.]

[최초 달성 보상으로 '마스터 박스'를 획득 하였습니다.]

마지막이었다.

[축하합니다. 각성자 최초로 보스 몬스터를 처치 하였습니다.]

[최초 처치 보상으로 '첼린저 박스'를 획득 하였습니다.]

〈다음 권에 계속〉